王欢 著

那一刻，我们远在西非

A ce moment-là, nous étions si loin qu'en Afrique de l'Ouest

知识产权出版社
全国百佳图书出版单位

图书在版编目（CIP）数据

那一刻,我们远在西非 / 王欢著. —北京:知识产权出版社,2018.1
ISBN 978-7-5130-5402-7

Ⅰ.①那… Ⅱ.①王… Ⅲ.①随笔—作品集—中国—当代 Ⅳ.①I267.1

中国版本图书馆CIP数据核字(2018)第006934号

内容提要

本书系作者在西非工作时所写随笔感悟的合集,全书分五篇,分别为开篇、旅程篇、动物篇、人物篇和记事篇,共计28个主题。这些主题囊括了工程人驻外生活的日常及与当地人交往的点滴,其中穿插的一个个生动的小故事,是驻外生态的缩影。从书中,读者在领略异域文化新鲜感的同时,还能了解中国"走出去"建设者的奋斗故事和精神。

责任编辑：李　婧　　　　责任出版：刘译文

那一刻,我们远在西非
NAYIKE WOMEN YUANZAI XIFEI

王欢　著

出版发行：知识产权出版社 有限责任公司 　　网　　址：http：// www.ipph.cn
电　　话：010 - 82004826　　　　　　　　　　　　　　　　http://www.laichushu.com
社　　址：北京市海淀区气象路50号院　　　邮　　编：100081
责编电话：010 - 82000860转 8594　　　　责编邮箱：549299101@qq.com
发行电话：010 - 82000860转 8101　　　　发行传真：010 - 82000893
印　　刷：北京科信印刷有限公司　　　　　经　　销：各大网上书店、新华书店及相关专业书店
开　　本：880mm×1230mm　1/32　　　　印　　张：7.5
版　　次：2018 年 1 月第 1 版　　　　　　印　　次：2018 年 1 月第 1 次印刷
字　　数：180 千字　　　　　　　　　　　定　　价：38.00 元
ISBN 978-7-5130-5402-7

自序

因为工作关系，我曾经长驻毛里塔尼亚两年，间或去附近的西非国家出差。

如今，对于越来越遥远的那段西非经历，时常回想起来，感慨不已，遂提笔书写，谁知一发不可收拾。一年多以来，茶余饭后，时常凝神遐想，思绪遨游在记忆和梦乡的走廊里，来来回回，挥之不去……

就这样，我索性想一出是一出，从一个个我认为最生动、离我最近的主题展开思路，铺就纸卷，尽情挥洒……

时常，也有人问我，是如何想起来写这些文字的——

用文字去强化记忆，我解释说，对，这不仅能够永久保留，还可以训练思维。

纵然多媒体发展到任何时候，声音、图像、3D、4D……都只能依附在以电能为基础的媒介上，而文字，则可以留存在纸上、石上……甚至任何有空间的物体上。它虽然原始，但兼容性极强。若干年后，当再次翻阅这些文字的时候，我们还可以将不同的情感注入其中，而不像多媒体那样单一。

其实，提笔初始，也曾信誓旦旦，踌躇满志，却不曾想，写到一半时，便有"江郎才尽"的感觉，脑子仿佛是被倒空的酒壶，能写的都写了，该有的主题都有了。于是，情感又积蓄了将近半年，才将另一半写完。看来，生活给予它的意义，经过时间沉淀—挖掘—再沉淀，会有新的收获。

遥想第一次踏上西非的土地时，新鲜刺激感官，会将所谓的"意义"抛之脑后，如同旅游，只是追求一时的感官刺激。只有数次经历之后，才能无论从信息上还是从体会上，感觉到各种意义，这意义或在当地或之于生活。如同美食家品尝美食，刚入口的时候，闭目无神，他是在剔除新鲜刺激，直到咀嚼两下或者四五秒后，才能对味道作出反应，或点头称赞，或摇头否定，这时才算辨别出真正的味道。

总的来说，我们体验事物需要一个过程，这个过程可能是从简单到复杂，也可能是从错误到正确。

我想起第一次出国工作时，犹豫、好奇、顾虑，折磨了我好几个月，最终还是背起行囊，扬帆起航。在异国他乡，也曾经历着新鲜、刺激、寂寞和思念。

如果要给这些文字拔高一点的话，是写人、动物和自然之间的故事。这些生物和环境，在这片大地上经历着不同于世界上任何地方的历程有优胜劣汰、殊死格斗、相互依存、悲欢离合，也有欢歌笑语、妙趣横生。

旅途其实就是一场修行，如同朝圣者，在漫长的旅程中，旅行者能体味到各种酸甜苦辣、悲欢离合，也能接触到与别人不一样的人生，而旅程中的寂寞和孤独，则给旅行者足够的反思时间，让世间万物在其脑海中反复"翻炒"，最后成为"思想盛宴"。

我犹记得那天出发的时候，坐在车里朝前望去，夕阳的余晖显得热烈而有力。我提醒自己，新的旅程开始了！

感谢我的家人和朋友，日常生活中，他们给了我灵感、信心和感动，让我能够一如既往走下去。

2017年10月9日

目　　录

CONTENTS

01—开篇

那 一 刻，我 们 远 在 西 非

那一刻，我们远在西非

那一年，我们远赴西非参与工程建设；那一刻，我们始终不能忘记。

当回忆走出家门和国门的那一刻：

扬帆启航走异乡，誓在四海筑辉煌；

千里狂沙洗日月，百尺烈焰荡心房。

羞与孤月比单影，敢和烈焰争豪情；

纵然黑白隔时空，吾有温情在心胸。

当迎来晨曦的那一刻：

雄鸡一鸣大地红，朝阳洒地万物醒；

朦胧眼里雾中月，狂沙难遮向前行。

当夜幕降临的那一刻：

草枯羊瘦牧童倦，霞光如炭残阳剑；

月上云端夜渐浓，疲惫缠身壮难挽。

当雨季来临的那一刻：

狂风力卷万里云，急雨横扫千吨尘；

万物翘首祈雨浸，非洲雨季如期临！

当中秋节赏月的那一刻：

月光如雨大地洒，圆桌之上摆刀叉；

两块月饼迎硕秋，几杯浊酒释牵挂。

水中明月空中悬，故里温情梦中牵；

酒饭桌前忆旧事，隔山望海祈平安。

当七夕缠绵的那一刻：

风吹寂寞愁云散，雨打芭蕉静夜谈；

天公作美成喜事，地母亲睹人聚散。

万水千山一线牵，秋冬春夏知冷暖；

孤身对坐共月明，离别情里话婵娟。

当被沙漠拥抱的那一刻：

石山险路进场难，满目飞沙无人烟；

疾风携沙改地貌，数日之后寻路难。

焦沙烂石遍炙地，烁玉流金涂身体；

蝉喘雷干天路难，赤日烈火当金衣！

当隆冬迎春的那一刻：

腊月飘雪我迎沙，四季如风送年华；

春秋冬去依然夏，烈日灼心梦中她！

那一刻，我们远在西非，风、蓝天、阳光、热情一样不缺，距离不是问题。

02—旅程篇

那 一 刻， 我 们 远 在 西 非

努瓦克肖特之行

引言：若干年后，总是在安静或喧嚣的一瞬间，时间回眸，画面定格，不经意间，脑海中掠过初来乍到毛里塔尼亚的声像：傍晚，一群勤劳觅食而归的白色、灰色、灰白色鸽子，纷落在空调室外机、配件厂房、厨房旁边的大树上，咕噜扑腾，此起彼伏，敲打着彼时的耳膜和此时的心瓣……

时间：2010 年

地点：西非，毛里塔尼亚

起初，自梦中颠醒的人们，以为是在荒漠中迫降。从狭窄咎嵩的飞机窗口朝外张望，光秃秃、黄溜溜的沙漠空间让人窒息，唯有黑色的跑道区分着周围的土黄。从被誉为非洲后花园的摩洛哥起飞，历经3个小时的疲惫飞行，精疲力竭的飞机载着昏昏欲睡的乘客，在滑行道上残喘，嗡嗡的噪声，由嘶鸣变为啜泣，由啜泣变为呜咽……

在远机位的登机车上，双脚还没有踏上这片土地的时候，一阵热浪喷涌而来，从鼻孔、眼睛、耳朵和毛孔钻入五脏六腑。即使在寂静如冰的黑夜，热气依然肆虐如魔，企图卷走身体的所有水分，将人体从"心"榨干。一刹那，如同埃及古墓的木乃伊，浑身沙尘，干燥如柴……乘客们鱼贯而出，踩得登机车梯子在热风中颤抖不已，吱呀乱响，几欲崩塌……

一条黑得连标线都淹没的路面，蜿蜒如龙，奔向驻地。在夜风中，在路边商铺昏暗的灯光中，在人们布满血丝的眼中，拼命而又低调地扮演着这个城市的地标。彼时在飞机上俯瞰，城市的点点灯光击打着人们的视网膜，人们心算单平方米灯光数，判断着城市的繁华，而这条黑色巨龙，如同一把扫帚，横扫这一世繁华……

这是首都——努瓦克肖特——毛里塔尼亚的政治中心。坐在车上，向往着繁华的市中心，以及拥堵不堪需要时走时停的步行街。只是到最后，繁华未见，市区已过，空留唏嘘。

黑色沥青路边的平房，平房的门口，门口的荧光灯，围绕着激情四射的疯狂昆虫，它们企图撑起这个城市的繁华和热烈……

因为时差，到达驻地时，头脑清醒，感官灵敏。平房宿舍门口的空调机，如同飞机的发动机，嗡嗡作响，单薄的扇叶用速度和激情向发动机挑战。栖息其上的鸽子，在人们的扰动下，一阵骚乱，咕咕作响后，又酣睡如初。几条精神抖擞的大狗，携着黑色的影子，从黑暗中聚拢在走廊灯光下，在纱窗门外，用椭圆形的湿滑舌头横扫口鼻，发出吞咽的黏糊声。这些最原始的声像记忆，如同方正的印章，一刹那，戳在脑海的褶皱上，印出记忆的浮雕……一直到两年之后的离别，记忆犹新……

在努瓦克肖特市中心，中国大使馆旧址曾经古树参天、青葱郁绿。据说，有的树龄已有几十年光景，承载着一代代驻外工作者的寂寞和记忆。而如今，只有圆桌般大的树桩紧紧抓住大地，干枯的树枝如同人类的枯指，深陷在板结的沙地中。寄生在树桩周围的纤细树苗，有时油绿如漆，有时干枯如柴，终究，他们所依附的树根，再也汲取不到地下数十米的甘露，一茬接一茬地消亡、重生、消亡。

隔着一堵墙望去，墙却挡住了一切。有人惋惜，说以前至少能看到墙后的树，树上的鸟，鸟飞入天，落叶缤纷……而今，只能猜测，墙后的沙，沙后的天，蔚蓝的天……无形的风……

约莫40年前，一队身着粗布衣服的中国工程队，怀揣着那个时代的单纯与激情，斗志昂扬，来到如今的友谊港附近。彼时，淤砂遍野，海浪如涛。在这单调的海天一线上，工程人背着万能包，提着解放鞋，踏着平整如镜的沙滩，聆听着海浪的呜咽，计算着风浪和淤砂的复杂指数，在不可能建港的位置，反复探索论证，不可思议地修建了一座港口，为表纪念，取名友谊港，以示中毛友谊。在工程人歇脚的一排房子前，有人想起了家乡的草木，便换沙置土，每天舀上一瓢水，浇入永不解渴的土地。于是，纤弱的树苗如同思念，虽几经风沙，却因备受呵护而茁壮成长，直到几十年后的今天，人已归去，树苗以及它承载的故事，却生根在这片土地，直至长成参天大树，荫及后人……

在努瓦克肖特这座城市的街巷阡陌，除了一栋栋灰色的、绿色的、白色的建筑物外，很少有大树。只有在一些外国人聚集之地，才有绿荫蔽日、花开满墙的景色。有人开玩笑说，这个城市可以容下沙子，但不可以有绿色……

绿色，象征着生命，是令人眼最舒服的颜色。毛塔国旗，也是绿色。没有哪个国家讨厌一种颜色，却用这种颜色浸染国旗。而事实上，当地人对绿色的热爱是毋庸置疑的，仅仅从隆重场合的桌布，就能看得出来。

在这个多沙的国度，每当沙尘肆虐之时，疾沙所到之处，所有的物体，甚至人和动物，都被罩上一层单调的土黄色，而树木则可以起到防风固沙的作用，因此，无论从色彩还是从功用上，树木都是绝好的选择。

奈何却容不下草木？

在毛塔的大部分地区，每年几个月的雨季，支撑着这个国家羸弱的畜牧业。那个时节，遍地的绿色可以让牲畜大快朵颐，而牧民们则哼唱着小调，悠闲地挥动鞭策，甩鞭声穿梭在草木之中，连同营养丰富的绿汁流入牲畜的血液……沙漠中的牧民，过着久违的牧民生活。一辆辆卡车载着成熟待宰的牛羊奔驰在公路上，竟无哀嚎，对于它们，能在这茂盛的季节，深情凝视着欢快玩耍在绿丛中的后代，纵然用死亡定格，也是何等幸福！

彼时，从同在西非海岸的塞拉利昂传来不详之讯，该国发生霍乱疫情，好几十人为此丧命。于是，塞拉利昂成为话题，从人文到政治，从政治到地理，从地理到历史，从历史到外交。有人注意到，塞拉利昂是一个原始森林覆盖率极高的国家，而毛塔恰恰相反，号称"沙漠之国"，不愧其名。而结果是，毛塔很少有所谓的传染病，偶尔的霍乱或者疟疾，刚刚进入毛塔边境，还没形成影响时，就因为沙漠的隔离，消失得无影无踪。于是，身在努瓦克肖特的人们，每年在收到提前的疾病预警后，总是高兴地收获着失望。

于是，有人得出一个简单的道理，那就是——可能是因为森林助长了疾病的传播。既然森林茂盛，万物苗壮，那么，疾病和病毒也会加速繁殖，而茫茫的沙漠以及干燥的热风、强烈的光照则将细菌和病毒稀释并杀死。这个解释倒是不无道理。原始森林的潮气，以及其对于风力的阻挡，让细菌和病毒有了栖身之所，而在沙漠里，这些细菌和病毒暴露无遗。当它们企图躲在沙缝时，强劲的狂风就将沙子翻滚，将它们生拉硬拽出来，然后曝晒、炙烤、打磨，一遍遍消毒，最后，这些细菌和病毒终于消失殆尽！

看来，对于一些国家来说，可能森林是财富，他们可以拿出万万个理由去解释、引申。但是，对另一些地方的人来说，他们有自己的生存方式，虽然很多人认为他们的方式可能不对，但这些已经沉淀在他们基因里的方式，成年累月地以自己的理由存在着并不断传续。

存在即合理，如此而已。

傍晚，驱车去距离驻地15公里处的鱼市买鱼。听说，这里是世界上难得的没有被开发的原始海岸，没有污染，没有养殖，没有过度捕捞，鱼儿也心情舒畅，自然肉质鲜美，加之价格低廉，是海鲜吃货的绝佳扫货之处。

偏爱海货的日本人，早在20世纪就投资援建了这个位于大西洋海岸线上的鱼市。被欧洲淘汰的老款破旧奔驰汽车停在鱼市的拱形门外，悠闲地等待着主人满载而归。

鱼市主体是一个拱形的棚区，如同国内的菜市场，下面有若干排摊位。在鱼市的背面，是广阔的大西洋，渔民们的小船整齐地排在岸边。刚刚靠岸的小渔船，由身强力壮的渔民牵引到岸边浅水区，一筐筐活蹦乱跳的鱼从船上搬出，直奔不到50米远的鱼市摊位。而在摊位相夹的走道上，食客可以尽情物色、挑选。说是海货，其实主要是鱼。部分摊位上放着硕大的黄鱼，露出的牙齿像刀片一样。

这鱼市和海滩，与一望无际的大海和大海尽头的夕阳，构成一幅人文风景画。当走进画里，回头看那些鱼市的建筑物，涂满墙壁的海鲜图案鲜艳夺目，为腥气熏天的鱼市增添了一丝清爽。

据说，当地人不吃无鳞之鱼。起初，渔民从海里捎带捉到螃蟹、鱿鱼和鲍鱼之类的海货，一般当损耗处理，但后来，他们逐渐发现商机，便售卖给外国人。生意总是产生于需求。

......

俗语道，一年之计在于春，一天之计在于晨，但对于努瓦克肖特而言，全年基本都是在夏天徘徊，而季节只能粗分为雨季和旱季，所以，这"春"也只能在日历上从想象中翻过，但是，这"晨"起于日出而止于日落。

清晨，努瓦克肖特的夜风还恋恋不舍地轻抚大地，而晨光已急不可待地从东方探出，于是，夜风唯有哨音般的叹气。

受大西洋的调节作用，努瓦克肖特的清晨分外凉爽，已经被潮气浸透的地面，无论车轮或步伐再快，也激不起半点烟尘。

驻地西面是在建的友谊港，而老港已经退出了历史舞台。如今，这个还在襁褓中的婴儿，就像这一天中的早晨，平静而安详。

看门的摩尔人大伯披着衣服解开了门锁，几条护院的大狗从院里冲出来，开始寻找黑夜的遗物。

于是，新的一天，从迟于北京八个小时的努瓦克肖特开始……

阿塔尔之行

> 引言：随身携带的干粮，不仅能补充体力，还能使沉甸甸的胃压住剧烈上蹿的心脏！因为接下来3.5公里的努瓦迪山口盘山公路，是现代化沥青公路向无人区的过渡，或者叫"文明向荒野的过渡"，路途异常险峻，而这一段道路后面，等待人们的，是如同鲨一样蠕动在沙海的片片烂石，那才是艰难险阻的开始……

时间：2011年4月

地点：西非，毛里塔尼亚

此行目的是考察一条拟建二级公路，起始段位于沙漠边陲的阿塔尔，那里，有这条二级公路唯一要穿越的村子——艾因·萨弗拉。

全程700公里，500公里沥青路加200公里石山和沙漠。最后200公里，将会看到一幅动态的画——石山如何向沙漠"演化"，此段"道路"崎岖难行，备足水和食物，是基本常识，尤其是水！

早晨，从大西洋方向吹来的海风夹杂着潮腥味，朝人们后脑勺偷袭，考验着头发的韧性。背着大海渐行渐远之时，单调的舞台逐渐被西部非洲的炽烈光照占据。阳光贪婪地舔舐着大地，不放过任何一丝水汽，几近干枯的草木，怒指深蓝，绝命抗争！

忽然，风向开始急转直下。干燥的热风在与咸湿的海风经过一番博弈之后，终于占据绝对上风，为能主宰这贫瘠的大地狂喜不已！

燥风在耳边呼喊——欢迎来到撒哈拉沙漠！

司机扶了下脸上与黝黑皮肤混为一色的墨镜，调整坐姿，准备与沙漠决斗！这是位年轻的老司机，之所以"年轻"，是因为他还是"80后"，之所以"老"，是因为他开车集应变能力、安全意识和时间观念于一身。

老司机从来都是用数据说话。简单一算，一年下来，老司机开车至少12万公里，可以绕地球3圈，相当于每4个月绕地球1圈。如果是开车回国的话，可以回家4趟！整整4趟！

中午，抵达阿塔尔市中心，也就是500公里沥青路即将结束的地方。市中心，街道两边低矮的土色平房伸出细长的塑料排水管，细，证明这里雨水少，长，是人为了防止水流冲刷墙面。虽然半个城市已经陷入沙漠里，然而，因为甘霖的涓涓眷顾，这座城市可以有条件地找回它的生命力——如同非洲肺鱼。

阿塔尔，起初是一个人的名字，一个生活在古代的诗人。因蒙古族入侵，阿塔尔丧生乱军之中。其葬身之地，就是现在的阿塔尔。一个地方再荒芜，因为曾经演绎过一段鲜活的历史，也会变得厚重起来。至少，即使石头再烂，沙子再焦，也曾经亲吻过他们的双脚，聆听过他们的声音，更目睹过他们的悲欢离合。透过这些焦沙烂石，人们的第六感可以在超时空中与那段历史对目凝视……

在阿塔尔市，汽车畅饮燃油，人们补充水和食物。

接下来 3.5 公里盘山公路，是现代化沥青公路向无人区的过渡，或者叫"文明向荒野的过渡"，路途异常险峻。人们吃饱喝足，除了补充体力，还能用沉甸甸的胃压住剧烈上蹿的心脏！

最后一个岗哨的官兵，检查完通关路单后，极力用蹩脚的法语做出善意的提醒。

旋即，汽车进入盘山公路——努瓦迪山口公路——一条 2000 年由中国工程队修筑的一级沥青公路。

这条蜿蜒的盘山公路，像一条黑色蟒蛇，将黑黄色的粗糙石山紧紧勒住。悬崖峭壁似在脚下，奇峰峻岭尽收眼底。汽车颤颤巍巍地沿着道路标线朝前小心爬行。透过车窗，朝外望去，在惯性的作用下，整个人犹如在空中荡秋千，此时忽然被抛向空中，彼时又被拽回车里。惊心动魄之余，人们甚至无法联想当时建设者如何进行施工作业——挖机咋有的操作平面？又是咋将上方的石头剥离？即使这样干，工效又得多低？最主要的是——人得有多大胆！

好吧，反正是修好了！如果撇开无法实现的安全坡度和舒适曲率，平整度还是让人感到幸福的。

汽车经过一阵滑翔后，一头扎进了遍地焦沙烂石的沙石区——沙漠和石山的混合区。这段不到180公里的路程，分为两段：一段石山险路和一段荒漠沙丘，将耗费整个行程的一半时间。远望，这布满沙地的黑色石头，如同从漠海登陆产卵的鲨，正忙着肆意繁殖。因为热气熏蒸折射的原因，它们竟撒欢似的蠕动起来！

在若有若无的车辙引导下，加之GPS和天象的辅助，人们摸索着朝前进发。由于GPS误差较大，天象更有蛊惑性，而车辙通常又被乱石淹没，几经周折，反反复复，走了不少冤枉路。

沙漠气温奇高，车外体表温度一度接近60℃，人们不断补水，以维持体内水分平衡。真不敢想象，在这无尽的荒漠里，如果没有水，是否会上演现代版的"天然木乃伊制作教程"。

汽车行驶在沙地里，如同人踩在棉花上，有大力气但使不出，得用不破坏沙地表层硬壳的巧劲。而沙漠行车，又得换上轻易破坏硬壳的沙漠轮胎，老司机总能在矛盾中找到平衡点……

为了节省油耗，上坡时，老司机不得不关掉车内包括空调在内的所有耗能设备。

路上，遇到一对法国夫妇，向他们提醒——这一带是马格里布恐怖组织活动的区域，而西方人对他们来说简直就是肥狍子！对方却报以大义凛然的微微一笑——他们要看撒哈拉之眼、"死城"瓦丹、欣盖提图书馆，也许还追求刺激。

所幸，下午四点钟，终于在这人迹罕至之地偶遇了一个游牧家庭的帐篷。

倔强的白色帆布帐篷与烈风正面顶撞，经风吹蚀，彰显它的做工和质量。有了它的庇护，牧民才有避风地休憩，有了它，"无人区"徒得虚名！

人们随车携带了小型煤气灶和方便面，在牧民好奇的围观下，抄起中国式吃饭家什——筷子，然后，在嘴巴和筷子无间的配合下，近乎表演性地完成晚餐，抹嘴之际，牧民竖起大拇指夸奖——好功夫！

休息完后，已是晚上六点，夕阳的余晖温柔地洒在帐篷上，又温柔地在帐篷背面拉出长长的影子。接下来，等待人们的，也确实有一片温柔之地。

接近六点半的时候，天色开始暗淡下来。随着夜幕的降临，温度也跟着太阳转移阵地，越来越低。人们不断在身上增加衣服。当再也没有衣服往身上堆积的时候，又将衣领裹紧，再将身体缩成一团。而老司机，始终保持一个姿势。

天空中，隐约看到有滚滚乌云，四周也弥漫着雾气。看近处的草，显得异常茂盛，清新的绿色和暗淡的土黄色形成鲜明的对比。正是那些弥漫在空气中的雾气滋养了这些植物，它们将叶子伸到空中，吸食空气中的水分。此刻，人们才注意到这些长着大片叶子的面包树是何等聪明和顽强。这些饱满诱人的叶子也饱含剧毒，羊、骆驼和驴在经历若干代被选择后，已经本能得无视它们。这些动物宁愿冒着被针刺的痛苦去吃骆驼刺，也不会动这些秀色可餐的面包树。无论面包树还是骆驼刺，似乎都找到了沙漠生存方式。

好的，温柔之乡过去了。

在夜色的笼罩下，前方的沙石路变得更加危险，尤其是坡度大的地形。途中，人们只好先下车徒步推进，推出一个扇子面——一步一拔地去前方踩点，然后引导汽车前行。

这余下的上百公里行程艰险无比，加之又是晚上行车，更是难上加难，险上加险。一度，车轮不是陷入沙子里，就是被卡在石缝里。

在经过一个小沙丘的时候，汽车陷入其中，底盘也被托住，人们就借着手电筒的光线用铁锹将车底的沙子一点点地掏出来，然后在车轮下塞入防护板，汽车憋足了劲，嗷的一声，才得以脱身。为以防万一，老司机早已在车上塞了至少三箱水。

有时，汽车像是进入一块百慕大三角区。忽然沙尘遮天蔽日，即使白天，能见度也几乎为零，何况是晚上，于是人们就停下来，等待。即使等，也要选对地方。老司机要将汽车尽量停在石路上，或者停在沙丘迎风面的下坡上，否则，车就可能陷入沙中，然后就会托底，接着情况就会变得更加糟糕。

有时，汽车像是进入一块奇门遁甲之地。凭借车灯射出的光线，人们只能看到十几米远的地面，而周围，全是一抹黑，下车一踩，全是千篇一律的沙石——除了这两样物体的组合之外，再没有其他的参照物了。人们误以为前方的车辙就是"先行者"走过的路，谁想到，那是自己刚留下的，于是，汽车绕着几处形状相同的沙丘一次次回到原点。眼看着油表的指针在朝下沉，人们烦躁不已，又要不断迫使自己沉静下来清理头绪。

寂静的沙漠里，孤独的人犹如沉落在深邃的海底，未知的黑暗四周，隐藏着吞噬灵魂的巨兽。唯有汽车轰鸣的声音和两支飘动沙尘的光柱与人相伴。

最后，人们发现了卡车的车辙——这应该是前几天朝目的地运

送物资的卡车留下的。这卡车司机是丫丫——一个当地的老司机，沙漠行车规则早就烙在了他的潜意识里，跟他走，肯定没错！

晚上十一点多，在车灯的光圈里，前面冒出来一栋方正的小房子，紧接着，冒出更多的小房子。——埃因·撒弗拉到了！

埃因·撒弗拉是一个有2000多人的大村，村民都是白摩尔人。

由于时间太晚，整个村庄似乎正在寂静中熟睡。

几经辗转，汽车开到了一处有灯光的人家，我们将在这里休息。

一群白摩尔孩子，穿着民族服饰，像精灵一样，从四周钻了出来，在远处嘀嘀咕咕地议论这些异乡来客，好奇而又胆怯。

慵懒的灯光驱赶着疲劳的虫子，爬进了人们的眼睛，越揉越累，真不想再睁开眼睛。于是，简单吃些食物后，有的睡帐篷，有的睡车里，有的席地而卧与星空对视而眠。

随行的阿米（法语发音：朋友）晚上却很有精神。蒙眬中，听到他们互相寒暄，拉家常，说里短，然后将羊肉嚼得津津有味。

下半夜，夜风夹杂着沙粒，妄图将大地重新布局，不知名的沙漠植物将自己塑造成灯笼状，满地奔跑，它们企图将种子撒到世界的每个角落。即使在这荒漠的黑夜里，生命的扩张也不曾停息。

啥叫漠海行车规则？拙结如下：

首先，一般表层沙比较坚硬，一旦前面的车经过之后，硬壳就会被破坏，如果后面的车沿着前面车的车辙行驶的话，就极有可能陷入沙中。

其次，在停车的时候，要将车停在即将下坡的地方，如果在上坡、坡底或平地上停车的话，也极有可能陷车，所以，在前面的车作为向导的情况下，后面跟上的车要时刻注意前方车的动向，不能盲目跟上，应保持适当距离。

最后，通常沙丘迎风面的坡度比较平缓坚硬，而背风面则比较陡峭松软，所以在行车的时候，头脑一定要保持警惕，要有悬崖勒马的反应速度。

在这次行车的过程中，向导的车就有好几次有惊无险。有一回，只差不到半米就有可能溜下河谷，这不得不让人佩服老司机的沙漠驾车技术。

啥叫老司机？拙结如下：

第一，必须技术好。啥叫技术好，对于司机，体现的不是快，而是对突发事件的应变处理能力！第二，必须有一定的里程积分——让人服你，就用数字说话，老司机起码得有百万公里以上里程吧。第三，必须性格沉稳，避免情绪作业——心情爽了，时速200公里，心情差了，时速20公里，谁敢用？第四，必须酒不碰，烟可不沾——最好有一个不对"瘾品"产生依赖的性格。第五，必须对自己的车况了如指掌——坐车最关注什么？安全！这就要求司机利用空闲时间勤于检修，并用自身"直觉"或"经验"对可能的故障进行预处理，总之，你不能把车况完全"外包"。第六，必须有时间观念——别"车到用时反没影"。第七，必须……总之，总结在一个"老"字里吧。

如今，"老司机"已经成了一个泛指名词，泛指那些有经验、技术好和值得学习甚至膜拜的高手司机。

塞利巴比之行

> 引言：瘦高黝黑干瘪的老阿莫多，用干枯如枝的手抚摸着
> 他这个与众不同的孩子——白色小天使，掌心所触，温暖入
> 心。看看这个白色小人——毫无岁月浮尘层积的眼睛清澈如
> 水，柔软纤细的发梢尚未被风沙吹蚀，而白皙皮肤上的褐斑却
> 像蛊毒肆意折磨童年……老阿莫多的手开始颤抖，如同他发干的
> 双唇……

时间：2012 年

地点：西非，毛里塔尼亚

在这个简单得只剩两个季节的国度，要么行在旱季一溜烟，
要么走在雨季一身水，要么就奔在旱雨交替之际一阵风。如同这
轮下两段拼接在一起、长约680公里的道路，要么在沥青路上飞
驰如箭，要么就在土路基上颠簸如筛，要么就在它们的交替之际心
存期待……

这条通往塞利巴比的道路，黑色路面和土路面的鲜明对比，除
了体会现代化沥青道路所带来的幸福感，余下就是全程下来的车疲
人倦！

这是个干湿交替季节的闷热上午，随着汽车朝塞利巴比地区——一个紧挨着塞内加尔河的地方——疾驰，白云逐渐增多，湿度逐渐加大，路边暴露的沙地的黏土含量逐渐增大，这种红色土

壤除了为绿色提供养分，还是优质筑路材料，如同血液，滋养着贫瘠而干旱的非洲大地。随着汽车平稳行驶，生机勃勃的绿装也逐渐加厚。这种来自视觉和触觉的变化在提醒人们，河流对气候和生命影响巨大！如同湄公河之于东南亚，黄河之于中国，亚马逊河之于南美，刚果河之于西非，恒河之于印度，尼罗河之于埃及，尼日尔河……总之，河流以及它形成的流域，就是人类文明的发源地！

此刻，塞内加尔河附近的塞利巴比，正值雨季的开端，能够想象得到——那里满目油绿，草肥羊壮，除此之外，还有空中偶然飘过的*丝丝香气扑鼻的烤羊味道*……

途中，人们为寻找合适的树荫野餐煞费苦心。在这个雨水充裕的季节，地表的径流会让一些杂物"随波逐流"，几处清凉的树荫下，不是被牛羊的粪便标记，就是被染病而亡的骆驼尸体占据。

年初的时候，白发黑肤的萨利厄姆望着天空，喃喃法语，锁上眉梢，惆怅摇头——本该旱季的天空却淅淅沥沥地飘着零星雨点。按说，雨季早来，植物生长，牛羊骆驼茁壮，他应该高兴才对。但他解释说：往年可不是这个套路……是的，多年来，无论植物还是动物，已经适应了雨季和旱季的固定干湿切换周期，如果干湿不守"规矩"，首先遭殃的是植物，接着是动物，最后是人。

该国地域辽阔，人烟稀少，号称"沙漠之国"，大多数人在村庄和城市活动，所以在这几百公里的道路上，遇到最多的可不是人，而是当地的羊、牛和驴子。

道路沿线有很多标有牲畜的警示牌，用"将来式"醒着驾驶员避免与牲畜相撞。除了警示牌，路边偶见各种睡姿的羊、牛和驴子甚至骆驼的尸体用"过去式"来提醒你。无论"未来式"还是"过去式"，都在提醒驾驶员——不要铸成可怕的"现在式"！

有意思的是，羊、牛和驴子这三种牲畜对行驶而来的汽车的反应大相径庭。

羊的体型小，反应最快，行动敏捷，只可惜胆子太小。本来平静的羊群，一听到汽车驶来的声音或鸣笛声，如同砸在地上的雪团，四处崩散。本来在道路左侧悠闲咀嚼的羊群，被鸣笛突然一惊，脑子空白，四散奔逃，有的朝道路右侧跑，更有甚者，可能直接冲着迎面而来的汽车奔跑！

牛的体型大，反应迟钝，行动迟缓。对于它们，听、看和行动是三个完整而独立的动作，需要有板有眼一步一步地实施。它们在道路中间一边惬意咀嚼一边散步，如果听到车喇叭，它们就会停下来……转身……深情回眸……惊鸿一瞥……这一套程序下来的时间，有时根本无法让时速60公里以上的汽车停住……

牛起码还知道跑，而对于驴子，则是另一番情景：它们昂首挺胸，悠闲自得地行走在马路上。对于鸣笛根本就不屑回头，任凭汽车急得嗷嗷叫，也打乱不了它们蹄子击打路面的嗒嗒声。

为了行驶安全，久而久之，人们总结出一条道路安全指南——羊跑牛停驴不理。

但是，即使人们在道路上再小心，有些倒霉的动物还是难逃厄运。而按照当地的风俗，这种非正常死亡的动物是禁食的。牛羊等必须屠宰而食，行动之前还要做祈祷，然后尽量缩短它们的痛苦。所以这些路边被撞而亡的动物，就被这贫瘠土地上游荡的猎食者"不劳而获"了。

傍晚时分，距离目的地还有将近200公里，但草原似乎已经开始变得像"草原"了。新建路基的旁边，偶尔会散落一些布拉拉族（也叫颇尔族）部落的茅草屋。

深居简出在草原深处的布拉拉族，充满戒心地向"工业文明"小心挪动。一部分年轻人逐渐进入城市开始就业，而这条道路，也许是投资方凑巧将规划的线条甩在了他们世代居住的部落旁。

布拉拉族的茅草屋像一个个粮仓，上面是用当地的茅草做成的圆锥形屋顶，茅草被树皮或者绳子固定，以防止被风吹散；下面是泥巴塑成的圆柱形墙体，但可别以为里面一定很闷热，恰恰相反，这种茅草屋不仅能挡风遮雨，隔热透气，而且用茅草做的屋顶还能保证炊烟从缝隙中冒出；茅草屋的地面涂满牛粪，可以起到驱蚊的作用。这简直就是一个现代版建筑节能设计的榜样！据说这种茅草屋还出现在了上海的世博会上。茅草屋里坐着白发苍苍的老者，他们是布拉拉族的活历史。

和中国人的"平板电脑"面孔相比，布拉拉族人的面部更具有立体感，加上那黝黑泛红的肤色，让人想起厚重的雕塑，而这里的

每一个人，都像是别具风格的雕塑。

当看到中国人过来，布拉拉族的孩子们高呼"Bruce Lee!""功夫!"然后摆出了各种姿势……鹰——大鹰展翅，虎——猛虎扑食，鸡——金鸡独立……门派有虎拳、猴拳、螳螂拳……

除了布拉拉族以外，这块非洲草原上还散居着一些其他的不知名部族。由于没有路，加之交通工具落后，他们甚至不进行任何交流和贸易。至今，很多西方冒险者还在试图揭开这些神秘部族的面纱。

经过城市和乡村，经常会看到一些嘴唇红肿发紫的女孩，起初好奇，甚至感觉是一种病症。后来才知道，这居然是当地非常流行的一种习俗——刺黑。

女孩们做刺黑的部位是牙龈和嘴唇。一说是民族习惯，另一说则认为刺黑牙龈和嘴唇会让她们的笑容更美，并且能烘托牙齿的亮洁。

刺黑牙龈和嘴唇的习俗最常见于布拉拉族和索宁克族，这些都是西非的民族，主要居住在毛里塔尼亚、塞内加尔、马里与塞内加尔边境交界处。

刺黑的过程类似于刺青，不同之处在于使用的工具和染料。刺黑的工具是一组针，这组针由牢固绑缚在一起的至少十根针组成，用一组针而不用一根针的原因是，一根针很容易扎深，会扎痛受染者。至于染料，首先将花生米燃烧，产生炭粉，然后在其中加入防风灯中的烟灰和一种当地人称为"布拉"的用来染衣服的染料，最后将上述混在一起的物质压碎研磨成黑色粉末，即可作为染黑的原料。

从染黑的过程来看，针扎入肤无疑为病菌侵入人体打开了一道方便之门，而对于医疗条件非常落后的毛里塔尼亚来说，一旦感染病菌，后果很可能不堪设想。然而，传统一旦建立，文化一旦形成，想短时间改变，难！

当夜幕完全拉下来的时候，行程还差100公里，而这100公里，基本上不是土路基，就是土路基旁边更糟糕的便道。

四周已经漆黑无比，灯光照射到的地方只局限于五六平方米的面积，而这里所谓的土路，却是四通八达，如同迷宫。囿于车灯照射的区域，人们难以从全局去分析哪条便道通向目的地。再朝远处望去，只有漆黑和天空相接的线。当忽然被土坑或者土堆截断道路的时候，人们不得不下车四处寻找路线。

理智和情感总是在斗争，即使在路上。依据原来的经验，人们判定路基在右方。但行驶一段距离之后，越来越感觉到心虚。忽然出现的灯光，又令人们重拾信心。当人们沿着前面的车辙加速行驶的时候，灯光却又偏离人们，并且愈来愈远，于是，人们又重拾心虚。是继续朝前走，还是折回去？矛盾。

转机通常属于那些坚持到底的人，而人们虽然不准备坚持到底，但在即将放弃的时刻，转机就出现了。前面黑乎乎的土堆挡住了人们的视线，下车过去一看，是路基！通向塞利巴比的路！

经过半个多小时的颠簸，汽车终于登上了沥青路。清晰的标线告诉人们，这是刚刚修建的沥青路。前方，星光在天地相交的线上浮动，随着距离的拉近，星光分离成两个、三个……对，那是目的地塞利巴比的灯光，其中还有一盏属于老阿莫多的通讯塔。

第二天中午，塞利巴比营地，一阵清凉的细风划过发梢，将人们引向营地后面。那里有一片生命和非生命的博弈战场。

被拆得几乎成了空壳的卡车，四脚朝天地卧在草丛里，就像一只死了很久的乌龟，只留给时间一个黑洞洞的壳。锈迹斑斑的钢铁在逐渐向雨季屈服，彩色的喷漆和四周的绿色是如此不搭边。大自然会告诉你，只要给它时间，她能将一切消化！

一对驴子对脚下的绿色毫无兴致，却跑到远处一小片草丛啃食。风告诉了人答案，因为在风里，夹杂的是微微的机油气味，它们正是从破旧的机械里散发出来的。废旧的轮胎从来不缺少，因为在这空旷的草原，人们行动基本是靠轮子转。这些黑色的橡胶异常难消解，它们散落在草丛里，而草，似乎在极力去淹没它们，为的就是让这一处的景色变得自然，自然到没有任何人工痕迹！

一个小水坑里，几只蝌蚪在里面加速生长，如果有两天晴天，这点水就会被烤干，所以，它们得加油。水坑边上的面包树，长势苗壮，已经结出大个的绿色果实，这果实竟然和叶子的平面形状相差无几，离远了，根本无法分辨出这树上还有果实。但这些果实看上去还不算成熟，否则它们就不用色彩掩盖了，而应该变换一种色彩来吸引动物，将它们从母体中解脱，然后去开辟自己的天地。

菜地已经被杂草吞没，穿行在绿草里的常客，是和玉米棒子一样粗细的老鼠。这贪婪的动物，在世界的任何地方都有它们的身影。

在这片营地旁边，约300米的地方，有一座通信塔。布拉拉族的老阿莫多是被通信公司雇用看护通信塔的雇员。他们的几间茅草屋就在通信塔的下面，一台破旧的发电机每天在那里不紧不慢地诉说着古老的布拉拉族故事，而塔尖则传递着现代文明的代码……

老阿莫多有一群孩子，其中一个尤为特别——白化病患儿。看她，白色柔细的头发下面，是一张孩童可爱的脸蛋，只是那稚嫩的脸上有很多地方已经被阳光灼成了红色。眼睛因为光线的刺激，只能眯成一条窄窄的缝隙，但清澈至底，这不免又让人燃起振奋的火焰。也许，她还没有感觉到她的不同之处，只是在享受和其他孩子一样的童年。虽然阳光会让她的皮肤发痒，甚至发痛，但是对于她来说，或许这就是生命的必然过程，而且将要伴随她的一生。

老阿莫多说，没有人会告诉她她的与众不同，这也是他能保证的。不过，他会跟每个外来的白人说——带走她吧，也许她属于你们那里！或许，当有一天她真的发现自己和别人不太一样的时候，老阿莫多会指着天空告诉她——Mohammed，angel！那时，她肯定还会像今天一样，笑得那么迷人……

努瓦迪布之行

引言：对于惯食五谷杂粮的亚洲人来说，先天性的短肠子，连续几天不吃素，总有一种肥腻的感觉。绿色，勾起的不仅仅是食欲，还有距离胃只有一拳之隔心脏的思乡之情。据说，当胃充满食物的时候，它就距离心脏近了，会让心脏变得血流加快、圆润无比，自然就不再想家……

时间：2010年

地点：西非，毛里塔尼亚

对于首都，安全是首要前提，如果忽视，就会被施以忽视的报复。如同巴基斯坦，因安全问题果断放弃了海陆交通通达的港口城市卡拉奇，转而奔向内陆新城——伊斯兰堡；无独有偶，科特迪瓦从海港城市阿比让，迁都到内陆城市亚穆苏克罗；坦桑尼亚从海港城市达累斯萨拉姆，迁都到内陆城市多多马……内陆国玻利维亚，干脆将首都搬到海拔将近4000米的高原城市——拉巴斯，独享一份缺氧的清净。而具有得天独厚优势的"原首都"，即成为经济发达的中心。

格局，从系统的角度调试着国家首都的位置。一开始，人们向往大海，向往平原，向往自由，然而，世界政治经济，如同地层深处的岩浆，铄石流金、剧烈涌动，将地壳之上的首都推向一个个内陆、推向一个个高原，从煞费苦心优选的环境优越、交通通达的海港和平原之地，搬迁到易守难攻、地形险峻的内陆腹地。

对于毛里塔尼亚来说，幅员辽阔，地广人稀，经济落后，实在没有将首都搬迁到荒漠腹地的必要，便定都努瓦克肖特——一个距离南北邻国远近相当的地方。

如同中国的北京，努瓦克肖特履行着其政治和文化中心的职能，而作为整个国家经济中心的努瓦迪布，虽邻近西撒，却如同发动机的引擎，拖着整个国家追赶世界的脚步。

这一次，注定是一场"奢侈"的旅程，一头是政治中心，一头是经济中心，而连接它们的，是一条能够一睹原始海岸线的沿海公路。行驶在这条沿海公路上，幸福如同轮胎摩擦柏油路面产生的温度，匀速积累，缓慢加强，幸福到爆……

努瓦克肖特至努瓦迪布公路，简称"努努公路"，地位如同中国的"京沪高速"。这条二级公路的其中一段，由中国人承建。曾经聆听铿锵汉字发音的玄武岩，被黏稠的沥青油紧紧包裹、固定，平整、规则地沉睡在这些线路上。而今，虽然车来车往，却已物是人非。只有参加过这条道路修建工作的老建设者，才能依稀记起曾经的起止桩号，但在这条道路上奋斗的故事，却永远镌刻在他的大脑褶皱里。

老建设者说，每次经过这条路，总能听到夹杂在推土机、挖掘机、压路机轰鸣声中自己名字的频率。声音熟悉得像一首老歌，真实得如同有人在耳边倾诉。昔日"战友"的嗓音在时空隧道里回荡，画面在记忆里和现实中来回穿梭，拼凑着一幕幕热血沸腾的生产场景。

老建设者执意下车，他要用脚踩在路面上，认真地走上一段，像和一位老友告别的送行。这一次，他要用一颗从未有过的心去感受、去回忆。"这一辈子，可能再也没有机会来到这里了。"老建设者环视四周——的确，比那个时候安静多了，一边是浪打沙滩的呜咽声，一边是风吹沙丘的嘶哑声。水声、风声，混杂在一起，将熟悉的频率打散、稀释，连头也不回地消失在空气中……

……

多年前，一条重磅消息如同沙漠惊雷，吵醒了这片荒漠之地，继而让眉头紧锁的财政大臣精神抖擞。

起初，只是一则普通的招标公告。加拿大人要在与努努公路相交的内陆方向修建一条长达50公里的沥青路。这条拟建沥青路，光沥青面层就足足10厘米厚。这在半沙漠化的毛塔，闻所未闻。5厘米厚沥青面层是当地的"标配"，6厘米就能称得上"高端大气上档次"。这10厘米厚的二级公路，简直就是"狂拽酷炫吊炸天"！究竟要行走什么样的钢铁巨人？有人惊呼：除非那50公里的末端有金子，才配得上这条耗钱的"黑金路"！

不错！加拿大人就在这条拟建道路的末端，发现了巨大的金矿，还不止一个！

这条消息，如同在一望无际的沙漠中央，忽然听到清脆的泉水声，清脆悦耳，却又难以置信！

万万没想到！的确，行驶了一万公里路的司机没想到，砸了一万方石头的机操手也没有想到！

考察石料场的人回来后，兴奋、惋惜、惊讶刻满了不足400平方厘米的脸上。那条要修建的道路，正是多年前修建努努公路的便道，而那50公里末端附近，遗留着当年轧石场的痕迹。换句话说，努努公路的碎石含有黄金，那是一条黄金路！

而今，奔驰在这条黑色路面上，竟有一种金黄灿烂的感觉，可谓奢侈至极！

经济拮据的毛塔人，当还在仰视外国的财富、期待别国的援助时，却不曾料到，其实自己就走在黄金路上，况且，一边还有景色宜人的原始海岸线，另一边还有蕴量丰富的金矿池，只是，有时"身在福中不知福"。

努努公路全长450公里，路况极好，交通顺畅，朝发午至，只半天时间就能抵达努瓦迪布。公路全程布置了三个关卡，持枪宪兵轮番检查。较大的加油站位于公路中点，集餐饮和商店于一身，为匆匆过客提供燃油、恢复体力、新陈代谢服务。

然而，早些年，这条路并不太平，据说有伊斯兰马格里布恐怖组织活动在这一带，曾经还绑架了几个欧洲人，所以，外国人都避免晚上在这条路上行车。

中午时分，抵达努瓦迪布。总的感觉，就是两个字——干净……干净到什么都没有……

如果你找新鲜空气，这里让你嘴咧牙呲；

如果你找蓝天白云，这里景色美奂绝伦；

如果你找海浪沙滩，这里靓到让你侧翻；

……

只是，你找不到八街九陌、十里长街的城市繁华；找不到鳞次栉比、壮丽宏伟的楼宇大厦；找不到车水马龙、川流不息的热闹人群。

能和中国找到联系点的，就是纬度和中国人。

努瓦迪布的纬度和中国福建相似，只是碧海、蓝天、白云的纯度更高。海边，沙漠和海洋不期而遇，却结合得完美无瑕。努瓦迪布的海平静如淑女，而沙漠却暴躁如烈汉。黄褐色的沙丘上，布满了被风抚出的微微细浪；蓝色的海与天相接，风也在它身上吹出了层层细浪，一个静一个动，一个深蓝，一个饱黄，对比鲜明。当海浪推向沙漠，沙浪也缓慢涌向海洋，在它们相交之处，博弈、平衡、忍让，如同一个个果实，挂在弯曲如枝的分界线上。

努瓦克肖特友谊港，以进口物资为主，而努瓦迪布港则主要出口铁矿石和鱼产品。相对努瓦克肖特，努瓦迪布经济环境好，所以，那里聚集着数目庞大的外国人。法国人、日本人、韩国人、越南人、中国人……用肤色的纯度和脸庞的形状区分着彼此。仅仅中国人，这里就有2000人以上。

即使在贫瘠的沙漠，也阻挡不了勤劳的亚洲人。本来不宜栽培蔬菜瓜果的努瓦迪布，逐渐在被亚洲人改良。他们将土地挖深3米，将收集的牛羊粪便倾倒其中。3米厚的天然畜肥基层，发挥着强劲的肥力，让辣椒怒红，将茄子鼓圆，让西瓜结三茬，将豆角拽一尺。一时间，招蜂引蝶，鸟语花香。昔日不毛之地，却因为勤劳，而变得枝繁叶茂、果红菜绿。为了避开过量光照，人们又搭起大棚。里面更是四季常青，随吃随有，随吃随种，永不间断。不明白亚洲人对蔬菜偏爱的摩尔雇员，却做着地地道道中国农民的工作，施肥、浇水、除草，样样精通。

对于惯食五谷杂粮的亚洲人来说，先天性的短肠子，连续几天不吃素，总有一种肥腻的感觉。面对这久违的翠绿，勾起的不仅仅是食欲，还有距离胃只有一拳之隔心脏的思乡之情。吃饱了，不想家！医学是这样佐证的：当胃充满食物的时候，它就距离心脏近了，会让心脏变得血流加快、圆润无比，自然就心情舒畅，能起到暂时摆脱恋家之情的功效。

这绿色蔬菜，不仅受到久居此地中国人的欢迎，也受到刚从国内来的客人的喜爱，卖点就是：纯天然！无污染！无毒害！如能从青菜汤里发现两只绿色的虫子，那就再好不过了。大惊小怪无疑是在免费为店家宣传，带来的结果就是生意火爆、门庭若市。明眼人都能想到，这是纯天然、无污染、无毒害青菜的间接证据！

这里，绿色如同一剂调味剂，让食物更美味；更如同一针镇静剂，稳住一颗颗似箭的归心。

越过努瓦迪布，再朝北，就是西撒哈拉了。那里，摩洛哥和西撒人的武装冲突一直持续到1991年。而今，仍是一片争议之地。

据说，在西撒和毛塔的边境线上，沉睡了无数的地雷，等待着"有缘人"将它们唤醒！而它们醒来后的第一件事，就是让唤醒它们的人永眠！臭名昭著的地雷，栖息在有冲突的两国边境线上，如同沉睡在用绳索结成的吊床上的恶魔，稍有风吹草动，就能将它们吵醒，继而荼毒生灵。在柬越边境、印巴边境、波黑边境，不知夺走多少人的腿、多少人的命。

居住在同一条海岸线，穿行于同一片沙漠，面朝着同一个大海，背后却并不一定都是春暖花开，也可能是天寒地冻……

第二天，刚出努瓦迪布，就遇到了一辆比这个国家更出名的火车。

如同一只满身污尘的超长马陆，这条号称世界上最长的米轨火车，从祖埃拉特缓缓驶来，风尘仆仆，蓬头垢面。3公里长的黑灰色敞篷车厢里，沉睡着一车顽强的黑褐色铁矿石，经过12小时、700公里的穿行，日晒，时而高温50℃炙烤，风吹，时而低温5℃"保鲜"，还是完好无损地抵达了努瓦迪布港，又经过海潮湿气的熏浸，最后依然逃不过高炉里的挫骨扬灰。1500℃的高温中，它们被制成铁坯，炼成精钢，加工成器皿、机械、武器……发散到世界各地，有的服务于人，有的加害于人……

基法之行

> 引言：高卢雄鸡漂洋过海、翻山越岭闯入非洲，为的绝不是将撒哈拉沙漠的沙子吞进沙囊研磨谷粒，而是想挠出点谷物，哪怕谷糠也行。然而，偌大一个非洲，富饶之地早已被瓜分殆尽。更令它气急败坏的是，在毛塔，它碰到了更牙碜的事。在西非殖民关键的1908年到1912年，法国征服毛塔耗时最长，搞得鸡飞狗跳，一地鸡毛，直到1958年，最后一股抵抗力量才放下武器……

时间：2010 年

地点：西非，毛里塔尼亚

西非阳光凶悍了 N 个世纪，将绿洲炙烤成荒漠，将殷富榨干为贫穷，让受不了烙铁般地面的猿猴直立行走，完成了最初的原始积累，然后从非洲大陆走向全球，如今人数已达 70 多亿人！

今天，能在这片干旱草原生存的，除了坚强如骆驼刺的植物和顽强如骆驼的动物以外，还有曾让来自地中海的殖民者焦头烂额的人。

基法位于毛里塔尼亚南部，是阿萨巴省的首府，距离出发地——努瓦克肖特——近 660 公里。在毛塔，经济是和绿色的浓度成正比的，这片草原，即使再干旱，其经济也要好过沙漠边陲的不毛之地。

天堂（Tintane）位于基法（Kiffa）附近。不过，人们沟通时，绝口不提天堂，否则就如"我在天堂的路上！""我就要到天堂了！"更恐怖的说法是："我在天堂，你快点来！"鉴于此忌，人们通常都说基法，或者基法方向，至少"基法"和"激发"谐音，寓意吉利。

因为名字，基法逐渐在中国人里出了名，因为它捎带脚将整个"天堂"纳入囊中，"天堂"成了"基法方向"了！概念的外延扩大了将近1倍，所指的视角亦从30°扩大到60°，想不出名都难！

名字的发音太重要了，因为它的频率能够通过耳膜流入脑海，在大脑千回百转的褶皱里，与善恶美丑的频率产生共振，表情和情绪可能在一瞬间陡转之下或春光灿烂！

适逢中国广州亚运会，这一路，关卡如同足球场上的"绿牌"。手持AK47的士兵俯身扫视车里，一见到中国人，嘴里蹦出生硬的中文——"希努瓦，广州"——后，对着司机竖起大拇指，然后在空中潇洒一划，头一点，放行！

老司机如同收到一张"绿牌"，将警惕的离合放松，踩下鼓励的油门，潇洒地留给岗哨一个梯形的越野车屁股。

体育中的竞技，让国与国之间旺盛的对抗力，巧妙地在竞技场上释放，避免了战争，促进了和平，引领了强身健体的理念，为头脑逐渐发达的人类加固了底层"支座"。体育不可缺，即使在这段600多公里的路上，也能成为"临时通行证"！

老司机一路墨镜罩脸，将车速控制在一个特定的"区间"。这个集各种感觉于一体的"区间"，只有在这里行驶一万公里以上的老司机才能驾驭。车速太快，高速加高温，容易爆胎；车速太慢，夜行路的危险可能让人们永远到不了目的地！

老司机的感觉更像一只章鱼，两只触角紧握方向盘，三只触角控制离合、油门和刹车，其余的触角分别感知温度、阳光、湿度……

干旱的草原紧紧攥住纤细的柏油路，在热气熏蒸下，黑色路面痛苦哀嚎、扭曲变形。路边广阔的平原上，七零八落散布的骆驼刺和面包树在剧烈颤抖！

即使没有任何运动量，中午刚到，人们肚子里的击鼓声如同连绵的闷雷，将沉睡的人惊醒。人们揉眼看表，午饭时间刚过。

然而，路旁骆驼刺形成的单薄树荫，不是被动物们占领，就是被其粪便标记，辗转地寻、反复地找，才如获至宝地觅得一处阳光斑驳的半阴凉地。

食物丰富，寓意吉祥——小葱、大葱、洋葱，茶鸡蛋、煎鸡蛋、煮鸡蛋，烤鱼、炸鱼、蒸鱼……纵是"匆匆过客"，也要"团团圆圆"，期待"年年有余"。

彼时，骄阳高悬，广袤的非洲大陆上，一群中国人，在几百万年前祖先曾经练习直立行走的土地上，以大地为桌，以草原为厅，以树枝为筷，菜品之丰盛，饭厅之粗犷，餐具之天然，完美地演绎着人对自然的适应。

饭毕，继续行路。

下午，在距离基法只有100公里左右的地方，一群光秃秃的山，如同非洲小顽童，掀开眼帘，闯入人们的胸怀。从平原而来的视线，首次近距离聚焦，不禁让人心头一颤。座座山丘如同荞麦馒头，在烈日的烘烤下，热气腾腾。山石发出特有的微红色，刺激着已经对土黄、沙黄和枯黄麻木的视网膜。这是当地特有的一种岩石，看上去，如同被烤红而软化的倔铁，含铁量绝对奇高！

翻越群山之后，离基法也就几十公里远了，已经接近傍晚。算一下耗时，660公里，7个小时，扣除一段高低崎岖便道的影响，算是常去基法的人所公认的速度。

最后一道关卡，一辆白色的吉普车从对面疾驰而来，那是来接应的人。他们和哨卡的两个士兵略作沟通，旋即，士兵一挥手，几个约莫10岁的小孩，用全身的重量压在车挡的一端，车挡挑起，汽车长驱直入基法。

路过的基法机场，荒凉、荒芜，甚至像是被荒废。如果不是因为一片平整的水泥地引起人们的注意，恐怕就错过了这座机场。泛着沙黄颜色的水泥跑道，伪装在沙土之间，用红土砂砾筛出的碎石，泛着微弱的红晕，似乎羞于将自己呈现给众人。跑道一端，几栋低矮的平房，因为要履行一座航站楼的使命，在风中委屈得哭泣。

汽车四驱匀速经过一片沙地，爬上了一座沙丘。在这个地势制高点，人们可以俯瞰基法全城。

一片像盒子一样涂着浅绿色或白色的房子，懒散地躺在干旱的非洲草原上。虽然没有国内那种高楼耸立的冲击感，却有一种异国安逸情调的踏实感。

下坡后，一片空旷的沙地，成了基法的公共足球场。一群肤色各异、年龄不一的孩子，激烈地进行着"基法杯"争霸赛。

足球场的角落里，一群上了年纪的摩尔男人，盘腿坐在竹席上，围着一个精致的小火炉，呷哺着一小盅玻璃杯饮品，有滋有味，互相谦让，笑意盎然。

那是娜娜，一种毛塔特有的熬制饮品的名字，土语的发音就叫"娜娜"。虽然，"娜娜"一词让中国人无法和饮料联系在一起，但它的特质却如其名——绵甜、清爽、提神。

熬制娜娜的材料有水、茶叶、白糖和薄荷叶。薄荷叶中含有的薄荷油，能通过刺激中枢神经系统，促进汗腺分泌，从而起到发汗解热的作用。此外，薄荷油还能促进呼吸道腺体分泌，让人感觉到呼吸凉爽，进而浑身感觉清凉无比。

这种熬制的饮料，用糖量非常大，喝起来奇甜，但是用的茶叶都是一些碎末。这种碎末状的茶叶非常适合熬制娜娜，而中国的一些好茶叶却不适合。所以，在中国算不错的茶叶，当地人却看不上眼。熬制娜娜的碎末茶叶，其实也只是用来找平口，缓解一下薄荷的辛凉口感。

其实，娜娜不是商店销售的商品，至少，在这里的中国人，至今没有发现市面上有销售娜娜的罐装饮料。这可能也是它没有流传出去的原因吧，也可能这种饮品只有趁热喝才有味道，抑或娜娜根本就不是一种饮料，而是一种生活态度。

如同中国的茶艺，整个过程，不仅仅是为了喝茶，而是集文化、艺术、修养于一身。同样，在这里，娜娜也是一种特殊的"符号"，一种地域文化、人生态度、待客礼节。

娜娜一般都是当地人自己熬制，将原料放在小铁壶里，用木炭或者明火烧煮。使用的小壶极为精致，在一些工艺品店里经常能够见到，据说其中一些已经有一

段历史了，足见娜娜也是有一段历史了。煮沸之后，用小铁壶将这黄褐色的液体浇在玻璃杯里。

这一系列程序是细活，同时也极为耗费时间。玻璃杯通常很小，倾倒的时候，小铁壶距离玻璃杯足足40厘米。当液体以自由落体的速度抵达玻璃杯，与玻璃撞击，立刻泛出白沫，如同溢出的啤酒沫。当娜娜接近小杯子的2/3时，白沫已经到达杯沿。

刚倒出来的娜娜灼热无比，不能马上饮用，而要在温度高达40℃的环境中让它凉下来，恐怕要等到来年雨季了。这时，就要再准备一只玻璃杯，然后两个小杯子来回倾倒，用人工的方式增大其与空气的接触面，同时用其自身的流动搅动气流，直到温度适宜饮用。这个过程是漫长的，消耗的是宝贵的时间。其实，那一小玻璃杯的娜娜，头都不用仰，就可一口闷完。但是，当地人似乎有这种闲情逸致，竟对此乐此不疲。所以，去拜访当地人的时候，要等约莫一刻钟，仆人才会将娜娜端上来。这对于快节奏的现代生活，显然格格不入。

在劳作之前，当地雇员喜欢喝娜娜。早上一觉醒来，宁愿不吃饭，也要熬上一壶娜娜，来唤醒体力。在一些会议或者接待的时候，主人要么亲自熬制，要么让仆人代劳，俨然已经成了一种招待礼仪。至于已在全球大行其道的咖啡，则并不太受土生土长的当地人钟情。

居住在基法附近的人，娜娜在他们的生活中占有一席之地，如同白酒之于中国人、啤酒之于德国人。晚上，男人劳作归来，用熬制的娜娜驱赶疲惫。女人生火做饭，孩子嬉笑游戏。旁边散布着他们所有的家当。几间茅草屋，只有下雨的时候才躲进去，算是"不动产"；一群牛羊，算是他们所有的"能动产"；还有几张用树枝搭起来的床铺，不过他们一般都是席地而卧；几口用木头做成的盆和一个铁锅。虽然，生活如此简单，对都市而来的人看来，可能算得上是艰苦生活，但是他们似乎无欲无求、乐在其中。

当地雇员每到周五准时歇班，加钱也不愿意失去休息的时间，并言之凿凿地说："这一天不属于我，属于安拉……"如果雇用方因此与其解除劳动关系，他们倒也不当回事。这让一些外国公司倍感困扰。在一些外国公司看来：我雇用你们，发你们工资，就应当为我工作。但是，他们就拿出一套自己的逻辑：因为你需要我，所以我才来给你工作，而工资是你应该给我的。这两种论调都振振有词，各有依据，不相上下，反映的其实就是供求关系。

第二天，经过一天的颠簸，又回到了努瓦克肖特，时间已经是下午五点了。夕阳照着人们疲惫的身躯，映出长长的影子，似乎要将关节拉到脱臼。西方余晖殷红，夕阳渐渐逝去，无可挽回的一天又即将过去……

马里巴马科之行

> 引言：1324年，马里帝国的统治者Mansa Musa，带领着由8000人和100只骆驼组成的驼队，每人携带黄金6磅、每峰携带黄金300磅，浩浩荡荡、毕恭毕敬地远赴麦加朝觐，一路东行，令整个北非地区通货膨胀持续了一个世纪……

时间：2011年

地点：毛里塔尼亚→马里

出门左拐，一路向东，1500公里的另一端，就是马里首都——巴马科。

航班，可以从欧洲或中东的某个大城市，比如巴黎或迪拜，发散到非洲各地，络绎不绝。然而，在非洲内部国与国之间，有时却一票难求。这种"中心化"的航线格局，掩映着曾经的殖民版图。

一早，阳光还在醒盹儿，卷上厨师连夜打造、裹满山东豪气的葱油大饼，携上"食物加热神器"——微型煤气灶，塞上一箱曾在海上漂泊45天、与乌江榨菜形影不离的康师傅红烧牛肉方便面，带上将近1立方米的饮用水，砰、砰、砰、砰、砰地五声，关上越野车的车门和后备箱……这种因为满载才能发出的厚重音品，与人内心深处的安全感共振！

5个人，5只轮子，将门口的沙土麻溜儿地拨起一块烟幕。回头望去，大门侧柱上的金字，因为饱饮晚露，显得意气风发、清亮耀眼！这些印刷在混凝土柱上、却镌刻在人精神世界里的豪劲文字，如同毛细血管中的液体，渗透、滋养着曾经到这里常驻的每一个人。

毛里塔尼亚首都——努瓦克肖特，距离马里首都——巴马科，大概1500公里，计划两天到达。

汽车像离弦之箭，在睡眼惺忪的非洲平原上狂奔。

前方，地平线再也摁不住早已憋得满脸红涨的太阳。柔和的光线，如同油漆工的漆刷，将人眼底和心底的所有慵懒反复清扫，然后注入清凉和振奋。

中途，到达毛里塔尼亚边境的最后一个城市——阿尤恩——的时候，已经是傍晚时分，准备留宿一晚。

饱受风沙蹂躏的阿尤恩破旧不堪，但起码也算一个类似中国市级城市的小城。人们在这条唯一的沥青道路两侧来回找了两遍，才找到一家不起眼的小宾馆。

宾馆客房很少，但院子很大，几幢独栋二层小楼躲在院子一隅，如同广袤非洲大地散布的罕见城市一样。这种宽松的感觉，是你在寸土寸金的繁华大都市所不能体会到的。

黑摩尔雇员慢悠悠地将人们引到其中一栋灰白色的二层小楼前。有经验的人逐一检查各个关键点：空调制冷效果如何、马桶能否蓄水、窗纱是否破损、房门能否锁严、备用吊扇转动的噪声能否搅醒睡眠……左挑右选，反复对比……头脑风暴法……德尔菲法……SWOT……最终确定的两个房间还算差强人意。

将行李拾掇好之后，晚饭时间已到，然而，来自亚洲几十年的肠胃，实在不习惯西餐和非洲土特产的疯狂搭配，人们就在院子中心的圆形花园旁边支起了微型煤气灶。葱油大饼+红烧牛肉方便面+煮鸡蛋+乌江榨菜，平常得不能再平常，简单得不能再简单，却是人们这一路久违的美味。这种美味，能将一路颠簸而食的干燥面包屑卷入肠胃底层！面食之后，再来半碗热汤，销魂至极的肠胃发出雄浑厚重的饱嗝声，舒服！C'est bon！（非常棒！）

疑惑的宾馆工作人员，以一种猎奇的心理，远远呆立，瞠目结舌……但实在流不出口水！

一天的奔波，人们疲惫不堪；12小时的日照，大地饱受煎烤。西方，一路陪行的太阳，逐渐被地平线拽下，即使再憋红了脸，也无法挣脱重返中天。

天空虽然开始暗淡，地面的热量却不曾锐减。客房和院子里闷热如蒸，人们决定出去转转。

出门右转，靠近沥青路的沙土街道开始聚拢人气。一路下来，光线递减，而人却逐渐增多。大概因为白天太阳毒辣，当地人才昼伏夜行。

一个白摩尔小伙子见到中国人，异常激动。无奈语言不通，彼此只能用"国际通用惯例"沟通——握手、微笑、拍肩膀、竖大拇指、拥抱……

为了将无声电影升级为有声电影，有人忽然想起了"李小龙"，脱口而出——"Bruce Lee！"白摩尔小伙子听罢，立刻双目闪光，露出规则整齐的皓齿，"嗖"得撸起袖子，侧身马步，拉开了李小龙的经典架势，口中念叨："我打啊！我 doooo~啊哒~哒~哒……"声音嘹亮，感情真挚，引人侧目。

看来，世界名人不仅是人效仿的榜样，还为互不相识的人搭起沟通的桥梁。虽然名人不认识我们，但我们会因为名人而互相认识，这可谓是"中心化"向"网络化"的完美升级案例。

白摩尔小伙子太过激动，又无比渴望，似乎能从这眼前的几个中国人身上学得武功秘籍，就一直追随人们到宾馆门口。

晚上，宾馆门口，大家聚到一起试着更深层次的沟通。有人手机上存储了一段毛塔国歌，于是就打开让白摩尔小伙子听。音乐响起，他立刻双脚一并，手朝脑门上一搁，目光肃穆，作威严的敬礼状。

不过，白摩尔小伙子的站姿和中国军人不同，中国军人立正之时，脚尖分开约60度，脚后跟靠拢并齐，而白摩尔小伙子在演示毛塔军人立正之时，则是脚尖和脚后跟都并在一起。敬礼也不一样，中国军人是手掌心朝下，而他演示的是手掌心朝前。不过，各国有各国的传统，无可厚非，审美观不同而已。

因为留恋有人表演的一段山寨版太极拳，直到深夜，白摩尔小伙子才在人们的哈欠——国际通用哑语——中，恋恋不舍地挥手告别。

整夜，人们饱受突然罢工的空调和突然冲入的蚊虫之苦。有人试图用惊悚的鬼故事来"冰镇"闷热。

第二天早上7点多，人们收起疲倦，又踏上了征程。

这最后的几百公里道路两侧，发生了细微的变化。沙漠的土黄色含量越来越低，绿色的浓度越来越高，树木也从灌木丛变成挺拔的乔木。这一切，似乎在轻柔地提醒人们——即将到达一片不同于毛塔干旱的异国。

离开阿尤恩大概200公里，即到达毛塔和马里的交界地。汽车还没停下来，兜售各种土特产的孩子们就一拥而上，将汽车紧紧围住，极力促成一单跨国贸易。

海关办公室虽然简陋，但手续办理却非常利索，这让饱受毛塔政府低效折磨的人不禁眼前一亮。

经过边境，驱车长跑，途中经过两个收费站，一个位于刚入马里的边境地区，另一个是进入巴马科之前，收费标准均为500西非法郎，相当于人民币7元多。要知道，从边境线到巴马科，一路下来要500多公里，总计才大概15元。

第一个收费站，收费500西非法郎。人们手里最小面值的纸钞为2000西非法郎，而人工收费站正好也没有零钱，最小只有1000面值。为了赶时间，人们干脆要求放弃找零，权当小费。收费员倒是同意，但汽车刚出收费站，他忽然又叫嚷着冲了过来，拍打车窗，说是找到了零钱，然后将一个500西非法郎的双色钢镚塞进车里，还附加一句让人回味无穷的话——希望中国人多来马里投资，带动他们的经济。猛然间，马里在人们脑海中的形象整整扩大一圈。

在去往巴马科的路上，路边再也没有沙漠的影踪，遍地是绿葱葱的植被，树干高大，树冠如伞。来自大自然原汁原味的翠绿将集聚一年沙尘的眼球浸泡、清洗、染色。汽车上的5人，用10只眼睛尽情享用着饕餮、奢侈的绿色盛宴，用5张口猛吸沁人心脾的湿润气息。

轮下路况极好，画线标准、规矩，即使细微的弯道，路面也有提醒的转弯标志，这与标线磨耗殆尽的毛塔公路形成了鲜明对比。另外一个值得对比的地方就是沿路的哨卡，从努瓦克肖特到马里边境，一路下来，每到一个哨卡，就有一个全副武装的士兵索取路单，总共使用了20多张路单。其实路单上的信息无非就是乘车人员的法文信息，如姓名、护照号或身份证号和车牌号，还有公司的名字及法人代表的签字，相当于能够证明身份的通行证。但到马里之后，一张路单都没有发出去，只有沿线一两个大的哨卡检查一下文件是否齐全，一旦放行，那些只有一两个人的小哨卡就基本不拦。这种对比反映的不仅仅是安全形势的不同，同时也是文化的差异，即继承阿拉伯文化的毛塔人的谨慎，对比浸泡非洲热烈阳光的马里人的豪放。

傍晚时分，汽车开始接近巴马科。逐渐增多的芒果树和硕大的芒果在向人们展示着土壤肥沃的力量。不错，西非最大的河流——尼日尔河——正好流经巴马科。意为"大量血液"的"尼日尔河"，营养丰富，先是将沿岸土地"染红"，然后这些红土再滋养两岸的植物、动物和居民。

车轮下一路相随的沥青公路终于找到了与之相交的同伴，这通常是大城市的环线，汽车即将驶入巴马科！

在岔路口的地方，等待出售的芒果大红诱人。芒果摊前，嘴唇浸满果汁的小孩，咀嚼着金黄色的芒果肉，瞪着骨碌碌的大眼睛警惕地扫视着汽车；裸露在路边和尼日尔河之间的红土沙砾与夕阳的霞光相映成辉，更显红光夺目；依路而建的民房越来越多，错落得掩映在芒果树林中；穿行如梭的摩托车，扭动灵活的身段，把汽车远远甩在身后。

为便于联络，人们在遍布西非的法国通信公司——Orange——的橘色店铺，购买了一张巴马科本地电话卡。

登记入住的宾馆，据说改自原来的中国大使馆。虽然宾馆设施陈旧，但装备还算齐全。电视虽然只能播放四五个频道，但毕竟还有一个中央四套；空调虽然噪声不断，但相比其制冷效果，还算可用；宽带虽然时断时续，但还算能满足沟通需要……

从外形来看，这边的芒果树呈两种形态：一种树干低矮，果大肉多；另一种树干高耸，果小肉满。宾馆院子的芒果树属于第二种形态，树干足足有四五层楼高，靠近地面的树干足足要三人才能合围。麻烦来了，因为果实高挂树顶，一旦成熟脱蒂，砸到地面还好，要是砸到车上、人的脑壳上，后果不堪设想。于是，从客房通向食堂的路上，搭起了廊道；纵有沙海行车经验的老司机，即使饱食芒果，也不会想到芒果的攻击……在得知一辆豪华轿车被自由落体的芒果砸出一个大坑后，立刻将汽车挪到院落空旷处。

事后人们总结，人造材料如汽车铁皮，一旦被砸凹，永远无法自行恢复；而天然材料如脑壳，一旦被（适当外力）砸到，不仅不凹，反而会凸，且一段时间后，自行恢复。这就是人造材料和天然材料的最大区别。未来哪一天，如果人工材料能具备"自修复"的能力，或许整个世界将天翻地覆……

加蓬之行

引言：北京首都国际机场T3航站楼，猩红色的粗壮圆柱和高大天棚隐约透出来的猩红色，与北京故宫的红遥相呼应。这座现代化的机场航站楼，隐喻着厚重而深情的北京文化，因为"红"的标签，让它区别于世界上其他大型航站楼——这是在北京，中国！

时间：2013年

地点：中国→加蓬

这年头，即使由钢筋混凝土筑成的城市，也在进化——朝着具有生命的感觉进化。一到冬天，城市就麻溜儿地穿上一身厚重的"毒棉花"。

穿行于橘黄色的雾霾中，人们呼吸着浓郁的味道，回家的时候摸错门，出门的时候走错道，在立交桥上拐错口……

即使目光再犀利的鹰隼，也饿晕在田间地头；而风驰电掣的野兔，则撞出豆腐一样的脑花……

棉絮一样的雾霾，掩埋了北国风光，一阵风过后，又在江南水乡恣意涂鸦……雾霾在极力平衡着它对南方和北方的"爱"。

想一睹蓝天和白云的纯度，除了Windows XP的经典桌面外，唯有逃出升天，劈开雾层霾层云层……

此刻，人们已经在距离地面10公里的平流层，吃着冰冷的航空西餐，从嚼到咽，2公里飞驰而过，闲暇之余，欣赏着像雾像霾又像云的滚滚浓烟。雾霾的浓度和经济发展程度之间，隐藏着一个神秘的换算系数……

此行目的地是加蓬。这个非洲小国，人均GDP竟是中国的两倍多。如果有人怀疑，也属情理之中，因为没有人将黑色和金黄色相提并论。即使东北的黑土地，也在春晚的小品中，绽开着艳丽的艺术之花。纯色的黑土地，强劲地供养着粗壮的秫秸，结出饱满的高粱籽粒，酿出醇厚的大曲，在逢年过节的祝福中，融进豪放奔流的血液中……

……

飞机上，一股倔强的睡意就像东北厚棉被，将人们蒙起来，让人对其中的温暖和隐秘欲罢不能。稍顷，鼾声四起，鼾声如雷。

忽然，一阵高频率的疯狂颠簸，生硬地将人从睡梦中拖了出来。铛……铛……，警报声将舱内静止的空气切割成无数碎片。飞机遭遇了强对流空气。

A4纸大小不到的屏幕上，深蓝色的模拟飞行图，非要将地球万物收入其中，撒哈拉沙漠的燥热空地，西伯利亚的寒冷旷地，安第斯山脉的冰天雪地，东非大草原的繁茂草地……人类，如同乘坐一列飞驰而过的列车，一扇扇车窗，因为减速玻璃，其中景象一览无余。一张张脸庞，承载着无数的不同——肤色、年龄、阅历、民族、希望……

第二天中午，当飞机在利伯维尔上空盘旋时，下面乌云滚滚。此时的加蓬，正值大雨季。飞机在机场进近净空的锥形面兜圈，在将飞行方向调整到跑道降落的方向后，开始俯冲，刺穿乌云。

这不经意的一圈，让人们得以鸟瞰整个利伯维尔。朝下望去，如同方盒形状的白铁皮房屋散落在丛林中，一直延伸到海边。在人类聚集区的另一边，就是无边无尽的绿葱葱森林。

据说，加蓬85%的国土面积覆盖着原始森林，境内有3万多头大象，是全世界大象最多的国家。加蓬林业资源异常丰富，木材储量在4亿立方米以上，且不乏名贵木材。其中，分布广泛的黑檀木，可以长高到40米，堪称植物界的"长颈鹿"。排名非洲第七位的石油资源，支撑着这个国家的GDP，而居世界之最的锰矿，则让钢铁焕发出超高的强度和耐磨性，影响着全世界机械设备的折旧率。资源如此优越的国家，人口却只有150万人，难怪人均GDP如此之高。

飞机轮胎高速冲击加蓬土地，产生的碰撞让飞机和人们内心颤抖不已。这剧烈的冲撞，几乎能让这异域文化和中国文化冲铸在一起。

由于是远机位，着陆后人们需要步行到航站楼。远远望去，白色的航站楼横陈在非洲大陆上，像一个安静的小男孩，用忧郁而包容的眼神注视着异乡来客。

总以为西非国家的制度如同撒哈拉沙漠的沙子一样松垮无形，

然而，这次却碰到了由沙子黏合而成的规则沙砖。这入境手续的办理，俨然是非洲的佼佼者。总的来说，可归纳为一个字——严。按手印，十个指头一个都不能少；拿行李，机检+狗检+人检。

在一家西式格调的中国宾馆，皮肤白皙的温州小伙为人们办理了住宿手续，而当地雇员则负责将人们领到客房。

这里，唯一不缺的就是空间，即使是客房，也至少相当于北京宾馆的三个房间面积。能代表中国文化的红，在这旅途的终点，像是久候的挚友，热烈盛情。暗红色的木地板和暗红色的家具浑然一体，让中国人有一种归属感，也让当地人一睹异国情调。乳白色瓷砖的墙裙高达1.5米，上沿用白色的木条作为装饰线。暗黄色墙面与白色油漆顶棚交叉出标准的90度直角。

从猩红色的北京T3航站楼，到暗红色的"金星"宾馆，红始红终，竟毫无离愁的感觉，仿佛旅途就是一场梦。只是，这一天一夜横跨8个时区的旅程，已让人们全身覆满疲惫。

莲蓬头喷出的0.5兆帕的迷你水柱，如同大雨季的水线，将疲劳一层层从身上冲掉，流入下水道，清净，舒坦！

第二天清晨，外面的歌声，不知何时悄悄钻入房间。那些附着拍手或跺脚的节拍，让人浮想联翩。刚刚驱散梦境的脑海中，浮现出帧帧画面——在非洲广袤的草原上，一群男男女女，身上和脸上抹着绚丽的颜料，代表着他们的图腾文化，载歌载舞，时而摇摆，时而跳跃，动作一致，激荡的灰尘飘浮在空中……

接下来，人们要去一座港口城市——让蒂尔港——进行考察，这座以洛佩斯角为天然屏障的多功能港口，却几乎与首都利伯维尔之间毫无道路相连，而乘船又太慢，只能依靠小型螺旋桨公交飞机。

下午3点半，在机场，短短的排队检票，竟消耗1个多小时。人们翻来覆去调整着站姿，并均衡分配着每个站姿的保持时间，以应对疲劳和不耐烦。好不容易领到登机牌，竟又苦等近半小时。在检票的过程中，仅仅4个人的小队伍又被无情地分成两个小分队，理由是飞机正好满载，得等下一班。同行说，不急，很快，这飞机没有点，坐满即飞，犹如国内县城里私人经营的大巴。

这种小飞机，不算布帘子后的飞行员，共31个座位，分两列，一列一排座，另一列两排座，总共10排，最后一个座位位于走道顶头。这让人忌讳的小飞机，不仅颠簸，而且失事概率极高。人们三缄其口，绝口不提安全之虞，仿佛天机不可泄露，一旦说破，可能不幸言中。

第一拨人到达让蒂尔港的时候，已是晚上5点半。这只有20分钟坐着的航程，还不能缓解已久站两个小时的疲劳。第二拨人抵达的时候，已近晚上8点。

落脚之地为当地人所建。一个院子，包裹着一栋两层小楼和一个水泥地小院。灰色的楼房墙面没有涂刷任何建筑涂料，而是由水泥砂浆直接甩成的毛面。窗户内壁上贴着蓝色的瓷砖，这些瓷砖朝墙面延伸，参差不齐，正好与窗户口形成一朵方形的蓝色花朵，看上去倒是独树一帜。从原理上理解，这样做也可防止雨水渗入房间。

走廊上部摆放着空调室外机，软管直接甩在走廊外侧花盆里，于是，空调冷凝下来的水，可以直接浇花。如此独具匠心的一撇，对通常接受不了雨水灌溉的盆栽植物，却是一大福利。

因为是大雨季，通往项目所在地的道路据说已被淹没，但无论如何，还是要闯一下，才能不虚此行。

刚一出让蒂尔港市区，就是一段高低不平、布满淤泥的红色烂土路。被压碎的淤泥不断聚拢、翻滚，然后又被压碎、聚拢。

汽车躲避着重型卡车形成的大而深的车辙沟，曲线开行在崎岖的大道上。经过一阵颠簸，驶入一段双表处公路，总算让全身颤抖的脂肪消停会儿。但不久，汽车又进入更烂的土路，直到最后，已经谈不上所谓的路。

最后，汽车进入一片草原和丛林的混合之地，这至少摆脱了湿滑的黏土。轮胎紧抓草皮，竟能奔驰起来。经验丰富的老司机，把握着冒险的尺度，从水沟边缘的冲刷痕迹，判断着有无暗沟，人们安全地横穿一汪汪水面。

当汽车试探着驶入一处大水沟时，老司机满以为可以勉强穿过，但不断下沉的汽车让司机猛地踩下了刹车。在水还没有进入排气口时，迅速倒车。所幸，汽车安全离开险境。老司机又另辟蹊径，绕过了这个大水沟。

一段沙地和草地行程之后，更大的一处水沟严严实实地挡住了去路，而水沟两边都是丛林，老司机再也没有办法绕行。

四周没有高大巍峨的巨树，全是次生代的丛林，弯弯曲曲，密密麻麻。据说，很久以前，这里也有两人搂不住、猴子爬不到顶的参天大树。后来，由于砍伐，忧郁了几个世纪的灌木丛，终于重见天日，形成了这些无人理睬的丛林。

路边的木质房子，很多已经腐朽如炭，但时而飘动的衣物，则宣示着有人尚在此地艰难生存。

人们谈起了关于环保的话题。有人说，这个国家异常重视环保，每申请一块用地，都需要经过严格的环评。一个环评报告要经过 N 个部门的论证，要走 N 道程序。任何一道程序有瑕疵，都将通不过环评。环评不通过，就代表你无法动用这块土地。又有人说，这还不是最严重的，在某国，那里要求——除了车辙印不能清除外，所有的痕迹都要消除——连塑料口袋都得捡走。否则，想离开都没门。万万没有想到，在非洲这样一个不起眼的国家，对环境保护却是如此重视。他们没有以森林覆盖率而自居，反而比那些绿色更少的国家还用心，让人佩服。

艳阳高照下，汽车沿着海滨大道平稳行驶，沿岸的楼房朴素却异常明亮干净。时而反射的光给建筑物带来绝美的装饰，比起国内繁华都市的高耸大楼，这明亮的自然装饰不仅轻快而且超凡脱俗。除了海滨大道外，这些建筑物和大海之间就只相隔一片柔软的海滩。蓝色的大海显得异常平静，它和阳光、椰树，共同构造出独有的海滨景观。

动态的车流在海滨大道上规则流动，不紧不慢，仿佛不想打搅旁边安静的大西洋。只要没有建筑物和构筑物的地面，青草就会挤占上去。青草的芳香直灌口鼻，海洋的辽阔尽收眼底，而耳朵却获得了久违的宁静。

宾馆后方，就是大海。椰树和木瓜树伸向海的方向，猴急地要投入海洋的怀抱，探索生命的起源。在有建筑物的地方，用岩石做成的边坡阻挡着日复一日海水的冲刷。而在没有建筑物的地方，这守护岸坡的树木根系就成了一道自然的防线。海浪不断侵蚀着树根守护的海岸，在几乎垂直的海岸上，树根裸露一半，但依然用另一半紧紧抓住沙地。一边是树根朝土地抓握，一边是树冠朝大海挣脱，这种博弈的结果，形成了海边独特的风景。

岸上时而冒出已经千疮百孔的原木。这些木头的头尾被电锯斩下，有的半埋在沙子里，有的几乎全部埋在沙子里，还有的刚刚从海里冲上来。树木的尸骸横七竖八地散落在海岸线上，或许是运输原木轮船的损耗，又或许是对岸岛上被砍伐的原木。它们生长的时候，固定在一个点上，年复一年，死后，却流落他乡……

塞内加尔之行

> 引言：如今，"小巴黎"的称号已经快泛滥成灾。仅仅在西非，就有科特迪瓦的阿比让，塞内加尔的达喀尔；而在东非，则有肯尼亚的内罗毕；在东南亚，有越南的西贡，柬埔寨的金边，巴黎在孕育着"小巴黎"，而"小巴黎"则为巴黎的神圣和浪漫"浓妆艳抹"……

时间：2010年8月

地点：西非，塞内加尔

向导基比不苟言笑，瘦长的身躯、黝黑的脸庞、粗短的卷发、洁白的牙齿，让他没有与当地人可供区分的特点。从毛里塔尼亚的努瓦克肖特出发的时候，基比拍打着胸脯，瞪着布满血丝的眼睛，认真地告诉人们，让他当向导绝对没错，他是塞内加尔人，非常熟悉去汤巴昆达的路。

与毛里塔尼亚仅有一河之隔的塞内加尔，经济发展更迅速，社会文化更开放。从毛塔去塞内加尔的行程，竟成了一种奢侈的期待和期待的奢侈。

当汽车从塞内加尔河的摆渡船驶出，卷起塞内加尔土地的尘土时，人们质疑道，一个久居毛塔、常年往返于达喀尔和努瓦克肖特的塞内加尔人，缘何对塞内加尔南部如此熟悉？基比依然用布满血丝的眼睛，认真地告诉人们：那是30年前，他尊敬的父亲曾经带着他走过那条小路。听罢，人们愕然，倘若在中国，30年的改革开放时间，足以沧海桑田、物换星移……

因为雨季导致部分道路泥泞不堪，在基比所指的大方向下，虽然绕行了一部分冤枉路，但总体还在人们的承受限度内，最终，顺利抵达目的地。

雨季虫子多，汽车行驶又快，抵达汤巴昆达的时候，人们不得不手工清理糊在车上的一层层飞虫尸体。

……

在塞内加尔南部，人们在一条被夹在丛林中的二级公路上驱车狂奔，路旁殷红的泥土包裹着一绺像被粗暴撕裂的黑色纸张一样的沥青路面。距离道路不足两米，突兀着茂密的丛林，树木长势茁壮，浓绿欲滴。红土和绿林视这条沥青路面如肉中之刺，不断侵蚀着沥青混凝土，妄想抹除这人工构筑物。

雨季的天空，阴郁无常，捉摸不定。在这丛林之中，时而雾气朦胧，时而倾盆大雨。雾浓的时候，寸步难行，雨倾的时候，车如龟速。

这是一片得益于冈比亚河灌溉和滋润的自然保护区，年均1000毫米以上的降雨量，将土地彻底浇透，饱含水分的土壤，在树荫的掩护下，对抗着长达7个月旱季的剧烈炙烤。在旱季，洁净的天空毫不吝啬阳光。于是，植物大肆光合作用，动植物种类繁多，生态极其平衡。

然而，即使物种再繁多，也经不起猎枪子弹的穿透力。于是，在1926年设立狩猎保护区后，仅仅不到30年的时间，1953年又成立了动物保护区。

路旁的标识牌，标示着这里的大型或珍希动物——狮子、犀牛、大象。标识牌一方面提醒着人们缓慢驾驶，避免与动物冲撞；另一方面，则提醒人们，小心被大型动物攻击。

也许是雨季湿漉的原因，动物都躲藏了起来。一路上，除了惊飞几只珍珠鸡外，竟没见到任何其他动物。

人们是早上9点从宾馆出发的，如今已经接近中午，雾散雨来，汽车走走停停，快快慢慢，不知不觉，直到一张提醒人们的指示牌映入眼帘——前方为几内亚比绍，人们这才恍悟——再朝前走就是非法越境了。司机急打方向盘，汽车掉头，加速往回行驶。

中午，在一座小桥附近的当地烤羊店，等待半小时后，人们拎起用牛皮纸包裹的切碎的烤羊肉和剁碎的洋葱，钻进车里，大快朵颐。

羊肉，性温，柔嫩，是绝佳的食品。牛，常有疯牛病，猪，则常有猪瘟，而羊，则极少有瘟疫，一如既往地养育着世界上绝大多数的游牧民族。

烤羊，算是当地最为常见的美食。看起来卫生条件堪忧的烤羊摊，却聚拢着一帮骨灰级的食客，小孩垂涎三尺，大人眼神似火。纯天然、无任何添加剂的现宰羊肉，用炭火炙烤，撒入些许

的孜然和盐巴，羊肉的腻软和洋葱的爽脆结合、中和，在舌头的初次搅拌和胃的二次搅拌下，让人感觉不到任何油腻。只是，韧劲十足的羊肉纤维塞在牙缝中，将伴随整个旅程，直到努瓦克肖特还能再次咀嚼！

下午，人们又在这条"撕条纸"公路上来回考察。搁在毛塔，这样的公路，无非修整一下路肩，根本用不着罩面。而从这里，就足以看到塞内加尔比毛塔的"发达"程度。

　　驶出自然保护区后，标线划分规范的法标二级公路，秉承着欧洲人的严谨。每隔一段距离设置的临时停车区，成了搭便车者的理想蹲守地。他们频繁地向疾行的汽车招手，而事实证明，成功率非常高。

　　基比推荐汤巴昆达的NIJI宾馆作为一行人的歇脚点。据其介绍，这算得上是镇上安保较好的宾馆了，配套比较齐全。

　　NIJI宾馆客房是栋三层小楼，楼下的院子就是用餐之地，又像是一个独立的餐馆，一部分餐桌在帆布帐篷之下，一部分餐桌露天摆放。院子中央的游泳池，是大多数宾馆的标配，虽然极少使用，但却能衬托出一种情调。

　　这个时节客人不多，只有两三桌欧洲人在低声交谈，缓慢咀嚼，并间或发出刀叉切割盘子的刺耳声。

　　雨季的夜晚，有风的地方，就会显得凉爽，四周昆虫求偶的歌唱不绝于耳。人们在游泳池旁边选了一个露天餐桌。

　　服务生先给人们端上塞内加尔特产的花生。花生虽然很小，但含油量却不小，吃起来味道极香。烤鱼、鸡腿，浇上调料——洋葱和番茄酱的混合物，味道竟也不错。

　　可能因为民族和风俗迥异的缘故，在这种当地人的卧榻之所，人们能闻出浓烈的异味，让人心里无比膈应。据说，当地人也会觉得中国人身上有一股怪味，也不太愿意相挨太近。不过，人类会调整身体的机能，有目的地忽略周围长期存在的"不舒适"。如同油漆工对刺鼻化工颜料的无视。这种对气味钝化的本能，维护着人们对环境的"适应"。而香水，则因这种气味的落差，将人们之间气味的沟壑填平，达到一种大家普遍接受和喜欢的统一味道。

夜间，滂沱的大雨声也没能将人们吵醒，而猛烈的暴风，却将损坏的客房门一点点推开，以至于早上，让人们感觉阵阵后怕。

第二天早上，就着骆驼奶，人们将法式面包塞入口中，匆忙上路。

下午，汽车行驶在达喀尔海滨大道上，大西洋近在咫尺。

从地图上来看，达喀尔伸入大西洋，在非洲大陆最西部。优越的地理位置，使得其在殖民时代就成为法属西非首府。水深港阔的达喀尔港，不仅装卸和中转着来自世界各地的集装箱与散货，而且兼具渔港功能，每年捕捞数万吨的金枪鱼和沙丁鱼。

人们隐隐约约看到海中一个类似山丘的凸起物，那就是奴隶岛，又叫戈雷岛。据说是当年贩卖奴隶时的一个重要集结点。坟墓一样的囚室，如今已经成为那段黑

暗历史的博物馆，填满了黑奴们的血泪史。

海边，三五成群的当地人在跑步、踢球。几百年前，他们的祖先从这里出发，以为是去往一个理想国度，怀揣着父母妻儿的期待，扬帆起航。一尊黑色的

女性石刻雕像，深情地望着大西洋，像母亲在盼望自己的孩子从海面上出现；又像妇人在期待自己的丈夫能满载而归。而在大洋彼岸，则可能散落着孩子和丈夫的遗骸！甚至有的还未曾到达彼岸，就已经葬身鱼腹。

如同一幅油画，海天一线分，蔚蓝出深蓝。罪恶的黑奴贸易就是发生在这海风和煦的画面里。而事实上，大部分的黑奴都是阿拉伯人和黑人作为"中间商"，然后贩卖给欧洲人的。

在一座海滨丘陵上，矗立着一座名为"非洲复兴"的青铜雕像，52米高的雕塑雄壮无比。丈夫一手拉着妻子，一边肩负起孩子，孩子伸手指向远方的天空。这座2010年完工、耗资2500万美元的雕塑，向世人展示着非洲人走向复兴的精神面貌。雕塑四周，20多个非洲国家的旗帜迎风飘扬，发出鼓掌一般的声音，仿佛雕塑表达的愿景，已成事实。

晚上，人们决定寻找一家中餐馆来缓解一下胃部的"痉挛"。耗时2个小时，在人们即将放弃的时候，忽然在拐角处出现盏盏大红灯笼，热烈的红光照进空荡荡的心和胃，暖心暖胃。这是一家重庆人经营的中国餐馆，红色灯笼，红色辣椒，红色记忆。于是，中国的筷子夹起中国的菜，填入中国人的胃，让中国心踏实无比。

饭饱之后，已经是夜里12点多，疲惫开始聚集在脑门，唆使着眼皮互殴。在中餐馆伙计的指引下，几经周折，人们找到一家宾馆。客房价位中等，但条件却不太满意，连洗浴用品都不具备。人们已疲倦至极，只要有一张床，就能将倦意摊铺在上面。毕竟明日还有720多公里的归程，更何况离凌晨也没有几个小时了，再找下去，就失去了"休息"的意义。无须再做平衡，只需平躺休息，毕竟，这是在塞内加尔。

第二天，人们8点收拾妥当，驱车去中餐馆，一碗简单的挂面，也让人们吃得满头大汗，对，这是在塞内加尔……

尼日尔尼亚美之行

引言：每年的这个时节，空气犹如一团棉花，饱蘸着尼日尔河的淡水，在空中作画，在地上涂鸦，在尼亚美市的空气中沸反盈天，偶尔，阵风袭来，拧紧棉团般的云朵，水汽聚合，雨滴骤至。这干旱的国度，燥热的沙漠，每到此时，竟惆怅多情，涕零如雨，让久居此地的人，也临窗观雨，惊沧海桑田，叹时光流逝……五千年前风吹草低见牛羊，如今却飞沙走石隐驼峰……

时间：2014年

地点：中西非，尼日尔

中转机场是亚的斯亚贝巴国际机场，与世界上其他航站楼一样，喷覆H级防火涂料的钢桁架结构，铁管枝丫，纵横交错。只是这座航站楼的顶棚，似乎比任何其他航站楼更嫌弃光照。戴在航站楼二层的"大檐帽"，帽檐压低，一双疲惫却目光如炬的眼睛藏匿其中，搜寻着非洲大地的一草一木。航站楼顶棚的聚氨酯采光板，像是裤筒上的微小补丁，占据着可以忽略的面积。因为采光不足，大楼内光线微弱，一盏盏白炽吊灯均匀地列队悬挂，抵抗着闯入的黑暗。

在这光线斑驳、钢铁结构的候机厅里，黄肤黑发的中国人人头攒动，中国元素的厚重如同中国人的数量，将一碗原本纯色黑米粥稀释成玉米芝麻粥——让搭配更合适，才能营养更丰富——融合，才能构建共赢格局……

这座机场，算是直通中国、有为数不多航班的几个非洲机场之一。中文服务柜台，像一个身着红色旗袍的东方女性，孑然而立在大跨度的钢铁苍穹下，用色彩和柔情融化黯然销魂和行色匆匆。柜台的棚子，是用暗红色圆柱撑开的仿古斗拱结构，下面垒着一摞中文版的《环球时报》。免税区的几家以中国商品为主的店铺，楷书、隶书、宋体，用方正而曼妙的体形，招揽一波波以中国人为主的顾客前来消费。屈指可数的中国商品，从暗红色皮肤的埃塞人嘴里，蹦出一串串货币单位为比尔的价格。

再过3个小时，飞机将载着一群来自东非和亚洲的乘客，从东非屋脊进入非洲心脏——尼日尔。

强烈的光照，让翻滚的云丛犹如抽搐痉挛的野兽，此起彼伏蠕动的老鼠肌，赤裸地暴露于人们的视野之中。从云层漏下来的斑驳光线按摩着浑圆的机背，而在机腹，散布于地面的非洲特有的铁皮瓦房，捡拾起掉在地上的光线，摔打在飞机腹部。

即将到达目的地的时候，飞机速度从1000公里/小时降到300

公里/小时，缓慢而沉重地降落在空旷而孤独的尼亚美国际机场的沥青跑道上。

这一年，尼日尔北部的沙漠照样扭动着焦黄的躯体，垂死挣扎；这一年，尼日尔河面的水宽历年最窄，窄到两岸的村民可以涉水过河，四处搁浅的渔船暴晒于烈日之下，龟裂的木缝交错成织；这一年，尼日尔的人类发展指数排在世界倒数第一。这是非洲心脏最脆弱的一年，仿佛为这个星球心力交瘁，而后心力衰竭；这一年，距离5000年前的风吹草浪又远了一年……

单层的土黄色航站楼，固执地站在跑道一端，像一栋古董，散发着历史的味道，用颤巍巍的身姿，倔强地撑起一座航站楼的使命——飞机起降服务，旅客悲送欢迎……

在这集高科技和自动化的飞机起降系统中，冥顽不化的老旧航站楼，淹没在蜂窝信号中，纹丝不动，吞吐着越来越多的旅客流，直到狼吞虎咽也满足不了起降服务，机场管理局才开始筹划一座新双层航站楼……

从机舱走出的乘客，在远机位的登机车上，迅速从科技之巅垂直滑向科技之谷。

然而，这座修建于20世纪，出自法国设计师之手的老旧航站楼，却意外地符合现在流行的低碳文化。由扁平的六角形盒子组成的顶棚，是其设计玄妙之处。这些顺风向的六角形盒子，在迎风面敞开口子，让空气顺堂而过。不断顺堂而过的风，将航站楼里的热量迅速带走，为航站楼降温，巧妙地省掉了通风设备。这个原本由于资金紧张而"捉襟见肘"的设计，在跨越了几十年工业文明发展之后，到现在，反而成了返璞归真的设计典范。只是，仅有一层的航站楼，对出入境旅客流无法做到高效分流，也无法对国内和国际航班的旅客分别管理，因此，不得已而有了远机位设置，让来客第一时间暴露于阳光之下，让归客满头大汗得钻入机舱，优越的舒适感在降低，非洲的体验感在上升。

不同于其他非洲国家，入境尼日尔，需要接种有效期为两年的ACYW135流脑疫苗，否则将被强制注射接种并处以罚款。罚款倒是其次，只是强制接种不免让担心当地医疗条件的外国人心有余悸。幸好此次准备充足，在黄皮书流畅翻页的细风中，顺风顺水。

接客的汽车暴晒于无荫的停车场上良久，大马力空调已经累得气喘如牛，却只吹出略带凉意和泥土味的粗风。

这样的傍晚，在热闹非凡的大都市，将会是堵车的景象。同样在这欠发达的地方，堵车的傍晚也在折磨着一颗颗似箭般的归心。转了1/3的地球，却还是一如既往地堵，沸腾的空气中，充斥着刹车和鸣笛的噪声。小汽车改装的卡车，卡车改装的牛车，牛车改装的人力车，像破败的棉絮和烂布，充塞在尼亚美的进城大路上。这一刻，所有的车都平等了。

这个时节是尼亚美少有的雨季。仅次于尼罗河和刚果河的非洲第三大长河——尼日尔河，发源于几内亚，缓慢地将非洲9个国家串联，可以让一条运气好的鱼周游西非。这条希腊人命名的河流，虽然流经尼日尔，却只划过尼日尔南部的一角。然而，尼日尔河眷顾的这片有限的湿润土地，却是疟疾丛生。

略微讲究的人，是绝不会让一小汪死水出现在卧榻附近。本来缺水的国家，却对这一小汪死水充满恐惧。仿佛死水镜面能摄人魂魄，夺人性命。潮湿的空气中流传着"因小失大"的故事，"小"到这一小汪死水，"大"到要人命。只因一小汪死水，携带疟原虫的蚊子得以恣意繁殖，传播扩散。蚊子飞入居室，一不留神，针扎入肤后，便疯狂发烧，及时救助倒也无碍，只是在这落后的医疗条件下，只能靠人体去感觉。而事实上，多数被误诊为感冒发烧，粗心和失误让疟原虫有足够的时间随着血液流入大脑，造成脑虐，继而昏睡不醒——多少人，因此失去性命。至今，疟疾在疟疾药的帮助下，被催生和选择出无数的变种，让人防不胜防。对于出国的人，吞下两粒疟疾预防药，只是心理安慰罢了。只是，这种心理安慰有时却又助长了盲目自信和过度乐观。

这个国家的财富，几乎都集中在尼日尔河里和附近的泥土里。有水的地方，自然都不会太差。有水才有植物，才有依植物而生的动物，于是才有供养人的水和食物。然而，尼日尔河上游大坝的修建，让上游的人获得了电力，还能蓄水养殖，引水灌溉。但让处于下游的尼日尔，却可能苦不堪言。旱季的时候，水位下降到最低，仅有数十米宽的河面，连瘦长的渔舟都几乎搁浅。由非发行、世行、阿拉伯基金等金融机构计划在坎大吉修建一座大坝，论证了10年。在他们的设计中，起初为鱼留足了洄游通道，却因为某种鱼的游力薄弱，无法洄游，遂将设计否决。一轮又一轮的设计，被比大坝还高的环保意识一次次挡住……

在首都尼亚美，尼日尔河穿市而过，如同海河之于天津，黄浦江之于上海，泰晤士河之于伦敦，塞纳河之于巴黎，它将尼亚美也一分为二，又用两座桥将它们紧  紧箍在一起。一座是20世纪美国人援建的尼日尔一桥，也叫肯尼迪大桥；另一座是2010年由中铁十四局援建的尼日尔二桥，也叫中尼友谊大桥。两座大桥，在非洲心脏遥遥相望。两个在时区上颠倒的国家，相隔一个地球，却在这里不期而遇，一个为了纪念当年的总统而建桥，一个为了纪念两国的友谊而建桥。

有人说，这个国家，除了尼日尔河以及尼日尔河里穿梭的鱼外，能有什么？然而，上帝是公平的。就在人们为尼日尔鸣不平的时候，就在尼日尔被联合国宣布为人类发展指数倒数第一的前几年，暗流涌动的尼日尔沙漠里，一串"噗"的声音后，从金黄的沙漠里，喷涌出柱柱黑金。紧接着，欧洲的石油公司蜂拥而至，中石油也在尼亚美建立大本营……尼日尔政府也开始编织结实的口袋，以便能够装下沉甸甸的金条……一切都在等待着逆袭。这片贫瘠了很久的沙漠国家，不再计算它距离风吹草浪又一年的沮丧，而在计算它距离金山银库又一步的喜悦……眼瞅着自己也要重蹈沙特阿拉伯的致富之路，最终也会穷的只剩下钱……

就在尼日尔即将成为瞩目的非洲新星之际，国际油价却打起了盹，开始萧条起来。于是各大石油公司开始放慢了勘探和开采的节奏。这炽热的沙漠，温度渐高，石油热度却在降低。刚缝好的政府财政口袋，却被一阵疾风携沙而入，没有梦想的金条，依然是金黄色的沙粒。

在尼亚美驻地的几天里，小雨绵绵，潮湿黏稠。湿度可以降噪，是因为雨声能将杂乱的声音遮掩起来，只让人耳接收频率单一的声音。于是，在这个季节，因为有节奏的声音逐渐被忽略，尼亚美市就多了一份宁静。这种雨声构建的静，让人能酣睡如初。尤其是傍晚的时候，驻地门前湿漉的红土沙路上，因为沾染水汽，红色浓重；门口的水泥地上，总能聚集起一群放学而归的孩童；远处3条土道汇聚而成的转盘路上，羊群总是在圆心附近停顿。牧羊人甩开长鞭，搅动傍晚的静谧，鞭挞声震得小树的雨珠稀疏滚落，砸在顽童头上，开出水花，绽放笑脸，而羊群，却习以为常。只是在宰牲节的时候，在同样的地点，炙烤着一扇扇嗞嗞冒油的羊排……

在尼亚美附近的国家森林公园，几只从东非"进口"的长颈鹿，啃食着低矮的灌木丛。它们起初质疑四周的灌木丛，然后一点点的质疑自己的脖子……

科特迪瓦之行

> 引言：在西非，石料如同海浪一般，分布此起彼伏；又如同海底一样，在地下深浅不一。在毛里塔尼亚，沙海无边，烂石如珍；在刚果（布），草木苍翠，石山难觅；在赤道几内亚，聚蚊成雷，山石遍野；在加蓬，一碧千里，山躲石藏；在冈比亚，沙石绝迹，邻国进口；在塞内加尔，红土厚覆，顽石深埋……而在象牙海岸——科特迪瓦，红土漫山遍野，石山星罗棋布，曾几何时，科特迪瓦是"冷战"时期最繁盛的西非热带国家之一……石料，似乎与经济存在着某种神秘的换算系数……

时间：2015年

地点：西非，科特迪瓦

飞机，用噪声裹藏着高科技，如同用粗糙的棒子面饺子皮包裹着多汁肉馅，从北京抛到埃塞俄比亚高原，弹射后，稳稳地落在科特迪瓦港口城市——阿比让。这丰满浑圆的水饺，在集云巅之精华后，携异国之灵气，终于被送入这片丰饶而又饥饿的土地。

彼时的阿比让港，如同巨型肉丸，点缀在纤细浮动的海岸线上；内陆的公路、铁路，如同劲道柔韧的长寿面，泼撒在辽阔的丘陵密林里。于是，多年的高汤，浇出一碗滚烫的清汤肉丸面，填塞进幽谷空荡的非洲巨胃中，即使略微清淡，也能为这片土地提供逐渐焕发生机的养分。

丛林，细雨，薄雾，潮湿，是这个国家在这个季节的关键词。

无时无刻不想兴风作浪的非洲热气弥漫在空气中，与潮气混合、胶着、纠缠，经历着博弈、平衡，正循环后，反循环。这混合不均的气流，时热时凉，从人们发丝间穿行，时而聚汗成珠，时而又让细汗随风蒸发。都市的感觉，就如同一位乐观、充满活力的天津大姐，在滚烫、冒着细烟的鏊子上摊开一张薄薄的煎饼果子皮。经过这种逐渐摊薄又慢慢凝固的过程后，镌刻出一幅非洲经济发展的浮雕画。

一条黝黑结实的高速公路，流畅地将经济首都——阿比让和政治首都——亚穆苏克罗拴在一起。分离式路基的双向四车道高速公路，如同人体的动脉和静脉，港口物资有节律地输送到首都，而从首都空载的卡车则疾驰向繁忙的港口。

秉承设计超前的分离式路基，政府只略微增加部分前期投资，将路基一次性做成六车道的宽度，则好处多多。

首先，高速公路的贯通，除了会刺激经济的发展外，还会吸引居民在道路周边建房置业，而随着经济的发展和人口的增加，道路势必要增加车道，如果

以后外扩，就会加大征拆成本，而分离式路基的设计则提前将土地圈在了来往车道之间，未来扩建车道几乎不涉及征拆；其次，相距两车道宽度之远的来去车流，可以保持足够的安全距离，也间接地节省了现期防护结构的投资；最后，在现阶段的四车道施工过程中，可以将车道之间的空置区域作为临时便道，从而减少对红线外自然环境的破坏。

即使在经济欠发达的非洲，得益于先进的设计理念，让四车道扩展为六车道变得易如反掌。

这种设计理念的基础，究其原因，其中之一就在于道路周围丰富的筑路沙石料。

因为石料丰富，可以随用随取，就无须在建设期集中机械设备将沙石料一次性集中起来，进而可以腾出资金去做其他投资。

这是后来者的福利。只要善于学习，举手之间就可以摘到文明的成果。然而，上帝是公平的，"顺手摘果"固然比"亲手种植"更"事半功倍"，但不可能"异曲同工"，这漫长的文明"种植"过程，内容丰富、时间缓慢，却能收获比果实更重要的智慧和精神。

在"种植"文明的过程中，比起单纯甚至单调的文明果实，更能锻炼执政者和人民。满腹沧桑的历史之旅，坎坷难行的发展之路，造就的是民族的"反脆弱性"。这种越挫越勇的"反脆弱性"，能让国家和民族在砥砺前行的过程中，变得勇敢、坚强、乐观。

无数国家、无数历史经验告诉人们，没有工业化这强硬的一环，看似免费的午餐，信手拈来，却可能贻害无穷。

茂密丛林中的曲径坑洼积水，披星斩棘的人们蹒跚而行，挥汗如雨间，"巍峨"的蚁山让人驻足惊叹。

一人多高的蚁山，在蚂蚁看来是绝对的威武壮观，背后需要无数只蚂蚁艰辛堆载多年，而在蚁山形成的过程中，却没有被恣意破坏，可见当地人对自然之物的爱恋之感和敬畏之情。

这种爱恋和敬畏，其实是对自然资源的包容和开放，万物都是环境的一环，都有着直接和间接的关联，没有你死我活，只有互利共赢。

这蚁山立于树荫之下，藏于顽石之后，凭高而建，越堆越高。在雨季躲过水淹，在旱季藏于荫下。不止于此，它还唤来藤蔓植物，乔装打扮，找来含羞草点缀在周围，宣泄情绪。

高低不平、层峦叠嶂的蚁山，代表的是蚂蚁不畏险阻、迎难而上的情商。可以想象，彼时，蚂蚁大军浩瀚如海，肩扛手提，携土而上，一次次努力，一次次失败，一次次又另辟蹊径，从不曾停息……

人类的一部分，比如艺术家，也不喜欢规则和对称。规则和对称，是工业化的简单和容易，而不规则和不对称，则是充满崎岖、遍布坎坷的发展之
路，代表着的是凝结汗水和心血的复杂与困难——用汗和血浇灌的文明之果，过程艰难缓慢，果实却甘之如饴。

为了修建一条高速公路，法国人遍寻石料，掘地10米，深挖坚石。无意成湖的巨坑，也已成为一处小型人工湖。安静的水面之下，埋藏着当年碎石机咀嚼石块的咯嘣声，大型自卸车的喘息声，施工人员的吆喝声。这清新平和、深藏茂林的人工湖，犹如历经沧桑、遍尝悲欢的隐士，此刻，不动声色地目睹人世酸甜苦辣、七情六欲。

如今，工程人早已积累了搜寻石料的经验。

只看地表植被，就能作出基本的判断，即使不能十拿九稳，也能做到十之八九。

凡是具有开采价值的石料，覆土一般不足2米。这样深度的土壤，无力供养根系发达的大树，只能让低矮的灌木丛生。

即使石料藏匿地下，而反映在地表的观察经验，就是——树木的高低与石料的深浅成反比。倘若树木有高有低，则代表地下石层可能被风化得参差不齐。

接下来，就是判断石料的材质。只要寻到一两块残石，敲击听音，断面观纹，即可判断出究竟是花岗岩，还是石灰岩，抑或是玄武岩。

看来，任何的深藏不露，终究会在敏锐的观察中展现出另一种端倪。

安徽人经营的华安东方宾馆，遍布西非多个国家，将远道而来的中国人聚在一起。

在这栋由红墙金字、灯笼高挂装饰的四层小楼里，中国人、中国味道和中国话充盈其中。无数在国内分布五湖四海、素不相识的人，却在这里萍水相逢，上演一场异国邂逅的同胞情谊。

多才多艺的当地雇员，在宾馆工作多年，饱受中国文化的熏陶，逐渐学会了中国歌曲和中国舞蹈。每逢中国节日之时，他们就身着中国服饰，演绎着身在祖国的异国情调，为这栋混凝土楼房稀释着冰冷忧郁，填补着欢歌笑语。

傍晚，略微拥堵的进城大道上，汽车成串，鸣笛如蚊，一曲表现现代都市轮廓的夜曲悄然播放。乐符跳动的科特迪瓦民族音乐在车里游荡，节律动感紧凑，将阻塞的情绪揉成纤纤细绳，在音乐中随风舞动。这异国的情调、陌生的语言，却能荡起共振的频率。

远处的CBD大楼，故意将细节隐藏在细雾之中，将神秘留给外来人。这些突兀而巍峨的办公大楼，如同大地饱餐后一记忍了很久的饱嗝，舒长悠缓，又如同繁华都市里久堵在路上的轻声叹息。

枝丫的路灯和绿树隔路相望，一边提供光明，一边供应氧气；一边展示工业的人工制造，一边表现自然的亲和包容，既有博弈的平衡，也有互不相让的针锋相对。

埃布里耶潟湖与几内亚湾近在咫尺，却咸淡相隔。仿佛这是上帝为科特迪瓦人有意留下的一扇门，只要把门推开，也只有把门推开，才能门庭若市，经济腾飞。

20世纪50年代，科特迪瓦人终于切穿沙嘴，开凿了超过3公里长的弗里迪运河。从此，万吨巨轮顺河而下，风平浪静的潟湖成为天然的停靠良港。于是，这条运河遂成为科特迪瓦经济发展的脐带。

在运河的入海口，藤蔓植物在乱石堆里顽强反抗，企图收回失地，平复这些人工构筑物的"叛乱"。

柔软的藤蔓植物的进攻，看似无力，却一代代坚持不懈；看似微弱，却经年久月，一如既往。

防波用的三棱体稳立在海边，与波浪战斗，与时间抗争，又被绿色缓慢腐蚀，终有一天，在大自然绿色的胃液中，被不断生长的植物消化。于是，那时港口将迎来下一轮热火朝天的建设。

人和自然，在互相的磨合和斗争中获得平衡与成长，人改造自然而功勋卓著，而自然也锻炼了人，为下一轮改造磨炼必需的品质。

　　城市边缘的郊区，低矮、灰色的民房，与同样低垂、暗色的乌云相映成画。多年来，无数城市如同文明之果，结在天时、地利、人和之处，又因为过度集中，开始向郊区蔓延。代表城市巨擘的乐符在人类大地上此起彼伏，时聚时散，时高时低，但不变的是，人和自然的依存，以及相互促进……

03—动物篇

那 一 刻, 我 们 远 在 西 非

项目营地的大狗进化史

引言：在人类的居所附近，大狗们用试错法不断学习简单的生存法则，艰难且又代价惨痛。像阿广还是幸运儿，虽然3次被碾，但终究知道了躲避碾压的技巧，也能基本寿终正寝；而妞妞，则总是找不出最终夺取幼崽生命的原因，每年在经历分娩的喜悦后，就直接进入痛苦的深渊；有开门绝活的赖皮，始终掌握不了从屋内开门的技巧，人们在谈论赖皮的开门绝活时，却总以它最终成为"瓮中之鳖"大笑不止而收场；而凶猛异常的老阴天，却以一种悲壮的结局收场，留给人无限感慨；最惨的是绵绵细雨，被强加了名不副实的光环，赋予了无法承受的重任，最后以一种戛然而止的方式匆匆而去；而那两条战斗的公狗，只是进化成功率的分母……

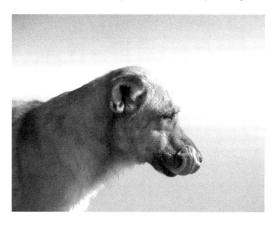

在这人烟稀少的沙漠边陲，与白天炽热的阳光相比，非洲的夜温让人感觉发冷，尤其是在大西洋岸边，温差更大。为了不让睡眠被海风卷走，人们不得不将窗户和门紧紧关闭，为自己营造一个隐私而安全的狭小空间。

一夜的熟睡后，清晨，人们从隐秘空间走出来，伸展懒腰，颤抖着将"起床气"逼出来。眼里，一样的晨光普照；鼻孔里，一样的沁人心脾；耳朵里，一样的宁静致远。又是一天。不一样的是，阿广——一条老狗——却没有像往常一样出现在人们的视野里，甚至连它的声音都没有。人们熟悉了阿广的存在，院子、房屋、树木都熟悉了阿广的存在，少了它，这清晨让人不踏实。

环顾四周，人们发现，阿广正蜷缩在编号206门口的走廊里。缩成一团的阿广显得小了一圈，而斜射过来的晨光，却将它的影子拉得很长，仿佛在极力还原阿广的高大伟岸。是的，阿广确实是条大狗，虽然看起来瘦弱，但那轮廓清晰的骨骼却向人展示着其"主体结构"的雄伟，只是现在"装修"磕碜罢了。

此刻，阿广皮毛比以往更加凌乱，耳朵耷拉，呼吸平缓甚至微弱，这种呼吸摄入的氧气甚至已经无法让其站立。它丝毫没有被周围或急或缓的脚步吸引，只是用浑浊的眼睛紧盯着206这扇门，一动不动，犹如栩栩如生的雕塑。

206房间，已经很久没有人居住了，绿色破旧的门上都已经挂上了蜘蛛网。粗心的人会想，这房间里肯定有母狗的气味；而细心的人则能看出来，这非同一般，至少，不是因为儿女情长。

8年前，阿广在这个院子里呱呱落地。阿广可不是普通的土狗。据说，朝上追溯几代，祖宗也是血统纯正的名犬。到了阿广这代，虽然基因已经被稀释了2^n倍，但总归还是名犬之后，毕竟1永远不能被2除尽。从走路的气势以及对人类的忠诚度，都可以看得出那种恰到好处的不卑不亢和执行力。土狗见到人只会横卧一边，肚皮朝天，任人揉搓；而阿广，则会微躬身躯，略仰狗头，后腿蹬地，在表达友好和臣服的同时，还能为执行下一步指令做好万全准备——随时能够一跃而起。

阿广命运多舛，仅仅它那可怜的脊椎，就已经被汽车碾过3次，庆幸的是，3辆都不是重载卡车。落下残疾后，阿广走起路来，后腿一瘸一拐，显然气势丧失殆尽，特别是在进行生育大计之时，更是让人捧腹不止。

阿广老了，但"老"是有价值的，至少可以倚老卖老。因为老，人们不会将它当成一般的宠物，而当成一条有资格的"老狗"。试想，谁会将一条老狗掐来摸去呢？更何况，老了的阿广，瘦骨嶙峋，摸上去如同隔着帆布袋子触摸坚硬的机械配件。如此，阿广倒是可以颐养天年了。虽说阿广出身贵族，但祖辈终究只能在每代控制一半的基因，这样，其优良的基因不知道被2除了多少次，以至于阿广的耳朵想竖竖不直，想耷拉也不彻底。如此尴尬的境地，显然抹杀了它贵族血统的优越性，于是，它只能将优良血统表现在牙齿和脑袋上了。但是，老了之后的阿广，牙齿也开始脱落，这注定又是一个雪上加霜的悲惨晚年。

有一阵子，院子里并存4条大狗，一条臃肿的母狗——妞妞，神情黯淡且残疾的阿广，还有两条不知名字的处于发情期的公狗。每天，两只公狗剑拔弩张，血脉偾张，时常扭成一团，为姐姐争风吃醋。姐姐则不动声色，虽然它是主角，但现在，却把自己当成了观众，它只看优良血统。阿广并不参与争宠，纵然有时战火都烧到了阿广身边，它也不予理睬。一种猜测是——它确实老了；另一种猜测就是——它想坐收渔翁之利。不管如何猜测，这也是它只能做的。

一段时间，院子里都不得安生，直到人们将一条公狗送人，院子才平静下来，3条狗似乎维持着一种默契的平衡。

因为阿广的与世无争，剩下的那条公狗在无竞争压力下愈发懒散，它才不想招惹那个无齿老狗，这样会显得自己无耻。它的生活越来越安逸。有一天，它无意中发现了一处荫凉的卧榻之所——重载卡车车厢下。睡梦中，还没等它验证是梦里还是梦外的时候，车轮就从它身上碾过，鲜血殷红了水泥地，掺杂了雄性荷尔蒙的热血被干燥的地面迅速吸收，惨叫声像它生命的句号一样干净利落。

阿广很平静地看着一切，它明白，经验是代价最昂贵的学校，它可以用那断了三次的脊椎去说明这个道理。第一次，在汽车的车尾下睡觉，被碾了；第二次，在汽车的车头下睡觉，也被碾了；第三次，在车头和车尾的中间——车厢下——睡觉，还是被碾了。3次被碾的教训，让阿广认识到，远离有轮子的物体！哪怕荫凉再好，温度再诱人，也不行，除非找死！

那条公狗死后，院子里比以往更平静了。阿广和姐姐开始成为主角，像一部电影，活着的总是主角。阿广和姐姐时常用六条腿走路，恩爱有加。

怀孕的姐姐拼出老命，一次生下十个狗崽，俨然成了一个排的"狗仔队"，只有8个奶头的它，显然有些自不量力，并为此付出了代价。

姐姐天生戒备心强，为选址安全的狗窝，却将狗崽置于危险之中。它先是在厕所后面掏窝，结果死掉两只，估计是风水不好。在意识到选错地方后，就带着"狗仔队"搬家，先搬到澡堂后面，让自己的狗崽们真正当一次"狗仔队"，结果又死掉两只，难道是受到了刺激？姐姐接着搬到了车棚后面，还是有两只死掉，它又搬家，狗崽接着死，它接着搬，狗崽接着死，直到无狗崽可搬。最后一次，它孑然一身，低鸣不已，无限凄凉。

后来，人们发现，夺去这些狗崽们性命的不是风水不好，也不是受到了刺激，更不是因为搬家劳累，而是因为狗豆子——蜱虫。这种寄生在狗崽身上的嗜血寄生虫，轻松地穿透狗崽薄嫩的皮毛，用锋利的毒针穿刺血管，并浸入血液之中，贪婪地享用奶香狗血。而姐姐那拒人千里之外的做法，则间接地制造了这个悲惨的结局。

曾经有一段时间，有人怀念很多年前的猛犬——老阴天。从名字上就可想而知，它的出现，竟会影响当地的天气！老阴天体形魁梧，性格暴烈，好狠斗勇。当年的老阴天，在院里院外叱咤风云，带领其他大狗，犹如希腊重装步兵无情地碾压波斯军团一样，将附近的野狗、野狼、野猫——只要是人不喜欢的野物——追赶得无影无踪。在独孤求败后，它也以一种悲凉的结局收场——失踪。有人说，它与野狼大战三百回合，身负重伤，不愿让人看到它落魄的样子，只身朝沙漠的方向走去，没有回头，也没有回来，总之，它是一条响当当的好狗。

老阴天走后，项目营地的护院重任就落在了阿广头上。和老阴天不同的是，阿广护院分寸把握恰当，这或许和它目睹老阴天的前因后果有关吧。它从来不跑出去和外面的野狗、野狼斗殴，一副平常之心，在院子里安分守己。对于来院子里的陌生人，除非他们贸然冲闯办公室，否则它不会横加干扰。这样的工作态度，让人们感觉，它不至于见人就吠，也不至于无所作为。阿广的性格和人们的潜在要求达到了一种完美的结合。

后来，唯一有战斗力的阿广老了，又落了残疾，妞妞又是条母狗，很难抵御外面野狗、野狼的侵扰。有人千挑万选，从工地带来一条人们认为最强壮的小公狗。小公狗刚来的时候，长相呆萌，人们都认为它以后绝对是条优秀的看院狗，没准儿还能续写老阴天的神话。那位同事更是寄予厚望，直接起名叫暴雨。

几个月后，大家不再叫它暴雨了，再过段时间，有人建议改名——强降雨，不，——大雨，不行，——中雨，还不行，——小雨吧，——绵绵细雨，最后，大家无语了。长脸，细腿，耷拉着无神的耳朵，看起来病入膏肓，最要命的是，它怯人，这哪里像当年的老阴天？后来，这条狗就被遗忘了。不久，在院子旁边的二级公路上，人们发现了一幅类似从货车上掉下来的画，它就是它，留给了世界最后一部作品——一张殷红的平面狗皮画。

看来，曾经的老阴天只属于曾经。

大狗通常学人，而这，也是其聪明之处。比如说，这晚饭后的时光，人们会哼着小曲，行走在最后一抹霞光之中，沐浴晚风，锻炼身体，抒情达意。在出发的时候，大狗也会摇动螺旋桨一般的尾巴跟随过来，似乎这些大狗也明白饭后散步对于身心健康的重要性，所以，你就甭想落下它们。

像人类一样，群体中通常会有那么一些天赋出众的个体。赖皮——一条花斑公狗，总是像一块膏药一样贴在人的腿上，你打、你踹、你踢、你掐，结果只会让"膏药"糊得更紧。除了是块上好的"狗皮膏药"外，赖皮还有一手开门的绝活。无论哪个房间的门，只要不插上或者不锁上，都挡不住它狗嘴和狗爪的巧妙配合，简直如入无门之屋。每当暴雨骤至，人朝房间的方向跑，它也朝同一个方向奔，甚至还会领先一步。即使人们把门关上，它也能神奇般地出现在房间里。一旦进屋，它会摇头摆尾，赖着不出去，再度拿出"狗皮膏药"的绝活。不过，赖皮是条好狗，不毁坏公物，不偷拿盗抢，进屋无非就是躲个雨，乘个凉，唬个人。据人们所知，目前赖皮还没有琢磨出怎样从屋子里出来的技巧，身陷囹圄的尴尬无疑让它的开门绝活逊色不少。

再回到这个不踏实的清晨，从阿广逐渐暗淡的眼神中，人们读到了一丝不祥。早饭的时候，人们谈论起这条老狗和它的过去。原来，在阿广刚出生时，就被206房间住着的一个爱狗如命的人收养，两三年后，这人回国了。那人走的时候，阿广猛追送行的汽车，直到精疲力竭。在阿广记忆深处，始终有这个人的印记以及那段美好的岁月。也许，在生命即将走完的最后一刻，它脑海中还在闪烁着那个若隐若现的身影。早饭后，人们看到阿广躺在一辆手推车上，两条腿耷拉在外面。小推车吱吱哇哇地响，像一首哀鸣的悲歌。它已经死了，被埋在院子前面的空地上，延续着它曾经的事业。

在人类的居所附近，大狗们用试错法不断学习简单的生存法则，艰难且又代价惨痛。像阿广还是幸运儿，虽然3次被碾，但终究知道了躲避碾压的技巧，也能基本寿终正寝；而姐姐，则总是找不出最终夺取幼崽生命的原因，每年在经历分娩的喜悦后，就直接进入痛苦的深渊；有开门绝活的赖皮，始终掌握不了从屋内开门的技巧，人们在谈论赖皮的开门绝活时，却总以它最终成为瓮中之鳖大笑不止而收场；而凶猛异常的老阴天，却以一种悲壮的结局收场，留给人无限感慨；最惨的是绵绵细雨，被强加了名不副实的光环，赋予了无法承受的重任，最后以一种戛然而止的方式匆匆而去；而那两条战斗的公狗，只是进化成功率的分母……

　　如同人类一样，项目营地的大狗还有这样那样的缺点，但只要瑕不掩瑜，就有用武之地。在伸手不见五指的黑夜，它们守护着人类的财产和生命；在人们离愁难解的时候，它们始终与人相伴。它们是生命，它们有名字，有性格，有优点，也有缺点。它们也在学习，有的学有所成，有的孤寂而终。在异国他乡，在与工程人相处的过程中，陪伴、默契、忠诚，直到走完生命的最后一程，同时，也完成它们一代代的进化，力图在犬科基因的链条上弥补一环。

项目营地的老鼠进化史

　　引言：14世纪的某天拂晓，欧洲的某个港口的码头上，薄雾缭绕，水汽婀娜，一只携带致命病毒的老鼠，小心谨慎，三步一停，从货船的甲板上战战兢兢地登上这片大陆。接下来的几年，黑死病导致欧洲近2500万人死亡。这场浩劫，却间接地缔造了欧洲强大的地下排水系统，沿用至今，又意外性地抵御了因为环境问题越来越狂暴的降雨……在那次"光荣"登陆之前，其实，老鼠与人类就已经开始了彼此促进的进化了，即使到了今天，即使到了非洲……

　　西非，沐浴塞内加尔河的雨润。毛里塔尼亚南部的干旱草原，在雨季和旱季周期性的切换过程中，永不荒芜。

古代毛里塔尼亚大草原，丰沛的雨水滋养着冷兵器时代的彪悍游牧民族。

每一次，洁净如晶的雨珠将刀剑的鲜血冲洗，浇灌沃土，让草木苗壮，牛肥马健，人丁兴旺！

这片摩尔人的土地，曾经孕育了征服西班牙的帝国。

时过境迁，沧海桑田，昔日的辉煌已经成为历史，如今的毛里塔尼亚，除了那世界上最长的火车之外，剩下的"最"字，就是——世界上最贫穷国家之一。

某天傍晚，在毛里塔尼亚南部的塞利巴比地区上空，夕阳像个血囊，被铁幕一般的黑夜摁到地面，吱啦一声，鲜血四溅，涂得半个天幕殷红！

工程人的营地院落，如同一叶方舟，起伏在风吹草浪的血色广阔平原。

自从第一声如同机械嘶鸣的吼叫将夜幕撕碎之后，这里，就正式成为人鼠博弈的小生态。

随着自然光线的暗淡，营地院落广场的灯开始接替太阳的光。

这个季节，雨量充沛，植物和动物在趁着夜色肆意繁殖，企图用数量来对抗接下来的旱季。

白天藏匿得严严实实的昆虫，开始朝向灯光聚拢。天色越暗，灯光越亮，昆虫越多。

在灯柱下面，是一群臃肿的非洲青蛙，意淫着包围在灯光四周的食物，口水四溅。不自量力的胖子妄图窜到3米高的灯泡上享用饕餮盛宴，一蹬腿，却在只有30厘米的高度，速度降为零，然后开始自由落体，"噗"的一声，重重地摔翻在地上，露出亮白的肚皮，半天翻过身后，或者不思悔改，坚持不懈；或者回归理性，悻悻离去。

吃饱喝足后，工程人从食堂四散到各自的宿舍——一种移动方便的用集装箱改造而成的临时住房。于是，一盏盏荧光灯和一块块计算机电视屏幕，随即点亮。

光从来不会轻易将自己禁锢在狭小的空间。此刻，它们挣扎着从虚掩着的门缝中钻出来，根据门缝的宽度，将自己塑造成薄厚不一的光幕。

一部分昆虫放弃了拥挤不堪的广场灯，转而飞向门缝光幕，结果被严实紧绷的塑料纱窗弹飞；一部分青蛙放弃了在灯柱下的异想天开，开始朝门缝光幕附近聚拢。

于是，在宿舍门口粗糙的砖砌台阶缝隙中，N只青蛙埋伏在其中，随时捕获那些沉在光幕底部的昆虫。这些圆瞪着的青蛙眼，聚在一起的时候，如同一种群居的怪异昆虫，竟能让人瞬间患上密集

恐惧症, 身上布满黑色的小洞! 瘆人!

在 20× 房间, 正是那一声吼叫之源。此刻, 时针指向晚上 9 点, 距离吼叫声还有 7 个小时。

夜色掩映下, 挥手推门间, 两小团黑影快速溜进 20× 房间。一只蹦着的是两栖爬行动物——青蛙, 另一只贴地钻的是啮齿哺乳动物——老鼠。

当第一批住宿用集装箱到达这里的时候, 与食物同时抵达的还有老鼠。起初, 工程人防不胜防, 衣物、食品、药品、家具, 等等, 不断遭受老鼠的破坏。

某日, 人关灯准备睡觉的时候, 一阵阵"哗啦哗啦"的声音如同头发撩拨着人的耳膜。于是, 种种猜测如同《动物世界》的画面在人的脑中萦绕——狗在挠房? 蜥蜴在集装箱下打情骂俏? 大蛇激烈追捕老鼠? 都不像, 又都像! 当想仔细辨认时, 那声音却又小起来。

当睡眠和这种声音博弈了几个钟头, 并逐渐占据下风时, 睡眠不足的人决定用行动结束纠结。翻箱倒柜后, 发现原来是一只困在集装箱里的饥饿的非洲青蛙。

将青蛙放归自然后, 以为完事了, 哪知到半夜, 声音变得密集起来——那种因为蹦跳而撞击地面的频率, 被一种密集拍打地面的频率所取代。

人将手电筒打开, 地上一只小老鼠在经历短暂愣神后, 疯狂逃窜! 坏了, 闹鼠灾了! 这固执、聪明而敏捷的青蛙被老鼠的形象置换了。这种啮齿动物可不是善茬儿, 不仅会制造噪声骚扰睡眠, 借助牙齿作为武器，还可以伤人！

人鼠展开了拉锯战，手电打开，老鼠跑开；手电关上，老鼠回来；开开关关；手电……差点儿烧坏！

人发现声音从垃圾桶那边传来，就猛地将手电筒打开，直射垃圾桶，那只小老鼠惊恐地从里面直接跳出来逃窜。而它这一跳，也把人惊住了——只听过非洲巨鼠，如今却目睹非洲跳鼠！

老鼠对垃圾桶的青睐，无非就是惦记其中的残羹冷炙。

在推翻了"你让我睡好，我才能让你吃好"的想法后，果断执行"你不让我睡好，我就不让你吃好"的方案。

于是，人一不做二不休，将垃圾桶拎到了外面，以为这样就可以釜底抽薪。

……

寂静的深夜里，声音还是从另一个方向发出来了，是桌子，桌子上的两袋方便面中的一袋已经被咬破。小老鼠正在啃食麻辣味的牛肉方便面。

方便面被果断放进抽屉里。在确保房间的任何一个角落都没有一丁点儿食物后，人才放心去睡。

蒙眬中，人梦到旅游爬山，脚趾卡在了岩石缝隙中，拉拽扯之后，又做了一个梦，梦到扶梯卡住了脚趾，又一阵拉拽扯……越来越用力。一睁眼，人坐了起来，梦！脚趾卡在石头和扶梯里都是假的，但，疼是真的！

不好！人急忙打开手电，只见小脚趾上有两个圆润丰满的红点，如同两只充血的老鼠的黑豆小眼，死盯着自己。一擦，血！不觉"啊"的一声——这正是那声吼叫，如同机械在超过额定功率后的愤怒的吼叫！此时正是凌晨4点！

人方才清醒过来——老鼠咬的！

人做得太绝，不仅将房间里所有食物藏了起来，还将垃圾桶放在房外，老鼠无食可吃，就直接开荤了。

暗暗叫苦后，人又将外面的垃圾桶放回原处。然后用毛巾被将自己裹起来，只露出脑袋。忽然想到，要是老鼠以刚才的劲头撕咬耳朵和鼻子，后果不堪设想，人不禁庆幸，亏得是脚趾，但再也无法入睡。

想到老鼠可能携带病毒，有的甚至有狂犬病毒，人不敢耽误，请了假，就直奔50公里之外的简陋诊所。

让人沮丧的是，诊所里根本就没有所谓的狂犬病毒疫苗。据说，在这里，即使当地人被狗咬了，也仅仅是拿沙子敷一下伤口而已！

人又将诊所所在的小镇翻了个底朝天，才在一家药店买到一管法国产的狂犬疫苗。再折回那家诊所的时候，却又被告知碘酒刚被用完，于是找了一瓶二锅头，简单消了下毒，让医生扎了一针后，方才放心。于是，工地盛传，这是一次国际化行为，由非洲老鼠下口咬，使用中国二锅头消毒，注入法国狂犬疫苗！

以后的几年里，人陆续知道，都将有类似经历。

虽然捉鼠杀鼠的方式层出不穷，然而对于有着庞大数量且繁殖迅速的老鼠来说，它们总能用最小的牺牲来获得对死亡的免疫。

此外，博弈还将这个故事升华成了一条戒律——"做人不能太绝"……

几年后，另一位工程人初次搬到营地的时候，所住的房间安装的是一个嵌在墙面里的空调。这种老式的空调，除了省电之外，别无优点。

初次打扫房间的时候，抽屉里、柜子上，散布着一坨坨新旧不一的老鼠屎。不少过期的胶囊竟也被老鼠嚼成了粉末。晚上的时候更是热闹，"哗哗啦啦"个不停。第二天，桌子上、椅子上就会赫然随机添加新鲜的老鼠屎。

人决定对老鼠实行一次有效的专项地毯式打击。

首先，需要找到老鼠进屋的途径。曾几次，人悉心观察到，几只老鼠从空调和墙之间的缝隙钻出去。于是，人就找来布条塞住空隙，但很快发现无用。因为除了空隙可以出入外，它们甚至能够从空调的叶栅中来往。于是，就在它们进入空调之时，人忽然开动空调机，试图将它们剿杀在空调里。很遗憾，数次均未成功。

因为这种老式的空调噪声太大，且制冷效果不佳，室内加装了一个挂式空调。于是，人就将旧空调从墙里移出，然后用水泥砂浆黏合空心砖封住洞口，试图彻底切断老鼠进屋的通道。

但是，晚上依然能够听到老鼠啃咬东西的声音，一开始，猜测——可能是几只老鼠被困在室内，饥饿难忍，在啃噬木头。后来才发现，它们开始自掘通道，居然在木门的角上咬出一个小洞。之后的几天晚上，它们又可以进进出出了。

每天晚上，灯一关，这间屋简直就是老鼠的"欢乐谷"。看来有必要进行彻底剿杀！

人从食堂找来粘鼠板、捕鼠夹、毒鼠强，然而奇怪的是，每种方式只限消灭2~4只老鼠，再多就没有了作用。

黔驴技穷，无计可施了。

这些老鼠对于这所房间的钟爱和固执，让人甚至以为——可能这就是"它们"的房间，而我是个外来者！所以，它们才会如此顽固，如此前赴后继。

半夜的时候，老鼠爬动的声音虽然小，却让人难以入眠。于是，人起身用硬物塞住那个小洞口。没有想到，接下来更热闹了。因为老鼠出不去，就开始乱咬，声音更大。甚至有时候，它们因为出不去，也找不到食物，然后就爬到人的床上。

这可不是开玩笑。当听说有类似的同事曾经因为"做人太绝"，被老鼠当成案板之肉，心中不寒而栗。于是，人乖乖地起床将硬物拔出，留给它们一条康庄大道。

如此，日子久了，反倒适应了，人有人道，鼠有鼠径，各行其道，井水不犯河水，人鼠反而相处融洽。

也许，用人的方式来解决老鼠的问题，总是以失败告终。于是，营地引入了猫。让猫来嵌入营地的生态系统中，用自然界食物链的方式来解决鼠患问题，也许才是问题解决之本。

日复一日，年复一年，世代相传……这些活动在非洲草原上的老鼠，依靠人，却又与人保持着安全距离……与人太近的被剿杀了；与人太远却要面临饥饿……于是，人鼠之间，相互博弈，彼此促进……衣物、食品、药品、家具，管理更为规范，而对于老鼠，在不断牺牲少数的基础上，获取和收益了完善的群体智力免疫系统，更让物种生生不息……

项目营地的乌龟进化史

> 引言：骄傲的开屏雄孔雀，高抬腿，大踏步，趾高气扬地走向"进化论"，以屏为帚，将达尔文一生的心血潇洒地扫入灰色的垃圾桶——达尔文始终无法用"自然选择"来解释雄孔雀的"美"。后来，雄孔雀又遇到了三岛由纪夫，吓得屁滚尿流，落荒而逃——这个时刻想着要杀死孔雀的"刽子手"，总是想让"美"停留在时间刻度上！

雨去旱来，干湿交替，强劲的西非海风如同一个酩酊大醉的莽撞渔夫，破皮袄中裹挟着一股浓烈的海腥味和潮气，跟跄地闯入工程人的营地院落，东一拳西一脚地捶踹着墨绿色的门和窗，发起疯来，甚至将门口的垃圾桶抛向空中——为此，工程人不得不将垃圾桶用铁丝拴在走廊的方柱上，或者干脆就用混凝土浇筑一口"质量优良"的"永久构筑物"。

一间锈迹斑斑的简易铁皮房，孑然立于院落一隅。发怒的醉渔夫连撕带扯地要将它挫骨扬灰！

迎风面的铁皮，如同一块千疮百孔的黑色破布，随风舞动，发出与铁皮房撞击的机械声。在这机械声中，夹藏着细微的"沙沙"

声，像一台演唱会中默默奏乐的沙锤。

虽然积年累月地经受着风和时间的蹂躏，铁皮房仍然依靠屹立不倒的脚手管坚强地拖住了，并以它为主体结构，为工程人的院落撑起一个微型动物园。

一公一母两只大旱龟在这间铁皮房下拖着沉重的壳，摩擦着沙地，发出这沙锤晃动般的声音。这间4平方米不到的铁皮房，仅次于它们身上的壳，罩了它们10年有余。

10年，两只旱龟相濡以沫，笼中度过7年之痒；10年，只有屈指可数的人能在这里待到的时间；10年，是跨越了N批次工程人的时间；10年，也是跨越了N个项目施工周期的时间；10年，太长……

10年，突然停止了。

没人察觉到个头较大的母龟的死亡，因为乌龟给人的印象就是慢，心跳慢，动作慢，反应慢，龟兔赛跑的慢……一切都是龟速……

发现情况特殊的人事后称：早就发现那只大母龟的眼睛无神……眼睛是心灵之窗，心脏在最后衰竭的时刻，需要眼睛将信息传达出去。然而，无人领情，只是就事论事——可能是眼疾——无碍。

于是，"习以为常"慢慢吞噬着人们主动采取措施的意愿，而人眼所观反映在心里，如同光线穿过凹凸透镜，或放大或缩小，让事物变形，无法反映其本原。

直到有人在下风向闻到一股猛烈的恶臭，才推测母龟和死亡之间的联系。

起初，有人还是质疑，因为母龟看起来那么完整，那么安详。

况且，作为繁衍载体的母龟，以及人们根深蒂固的母系社会情结，它给人的直觉就是生生不息的印象——而死亡却像寒冬，将这生息冰冻！停止！

有人用木棍轻敲母龟的脑袋，毫无反应。于公龟，它"嗖"的一声将脑袋缩到龟壳里，同时伴随一声"嘘"。人被这速度和配音吓一大跳。这么快的速度和似乎夹杂着愤怒的声音，竟能从一只每分钟心跳只有20次的乌龟身上发出，不可思议！

这对朝夕相处的旱龟情侣，在长达10年的爱情长跑中，终以母龟的死亡戛然而止。

人们看到，公龟在死去的母龟旁边缓慢地摇动脑袋，轻轻触碰着母龟的壳，用一种最无声却又最悲壮的仪式哀悼——我的朋友、伙伴、爱人，太阳东升，云朵汇聚，雨季只差一个月就要来了，而你，却走了！

近距离观察，母龟的眼睛何止无神，分明是没眼了！干燥的椭圆脑袋上留下两个深邃的窟窿，让人不敢靠近，生怕跌入其中！

人们猜测，眼睛可能是因为失水过多而凹陷下去，也可能是其他动物或者昆虫将其啃噬掉了——因为要对一只全副铠甲的乌龟下嘴，从其他地方确实难以找到突破口。

母龟的眼眶中露出的血肉让人触目惊心。一段时间里，这两个行动缓慢的灰色生物给人的印象一直是一种"介于生物和非生物之间"的"中间体"，这让人想起了介于植物和动物之间的树懒和介于无机体和有机体之间的太岁——两种在进化中磨磨蹭蹭的奇葩生物，最终变成了模棱两可的"中间体"。而今，这静止的鲜红色陡然出现在这灰色的生物体上，让人感到无比恐惧，无比自责！

母龟是渴死的吧？这可是旱龟，本来就因旱而生，进化已经让其身体适应了缺水环境。

就在半个月前，人们还曾朝笼子里投入大量西瓜皮。按照乌龟的生理速度，这些饱含水分的食物对它们的机体需水量来说，何止绰绰有余？还有，去年此时，人们忘记朝笼子里投放食物的时间长达两个月，它们照样活了下来。而那次失误，对于它们来说，可谓成了自然选择式的锻炼。

如此分析，母龟的死就蹊跷了。人们只是天马行空地猜测一些可能的原因，没有人，没有精力，也没有时间去查个水落石出。比如，有人猜测，母龟可能是死于暴晒。去年雨季，铁皮房顶棚的铁管在潮湿的碱性环境中加速腐蚀，最后终于在一阵狂风中再也无力承受任何重量，轰然一声折断并坍塌下来，上面的铁皮有的落在了地面，有的斜撑在简易房四周。每当中午烈焰般的太阳炙烤大地的时候，两只乌龟无奈地钻到角落狭窄的铁皮下，躲避暴晒。

千万种猜测不如唯一的发现。有人注意到了母龟壳上的3个小洞，其中在龟壳中心位置有两个，一大一小，大的如同黄豆，小的如同绿豆，最后一个在龟壳边缘，比绿豆更小。院落里的老者回忆，边缘的小洞是曾有人用钻头钻出来的，目的只是想知道龟壳到底有多厚，但又不想伤害乌龟。中间的那两个洞就没人知道原因了。带着疑问，人们在网上了解到一种乌龟特有的常见疾病——"烂甲病"。将网上的描述和母龟壳的症状一比对，基本可以确定——正是"烂甲病"要了这只可怜母龟的命！闻者无不唏嘘，并略有释怀——看来是自然淘汰。事实证明，凡事皆要考察，而直观臆断，小则混淆是非，大则误入歧途。

母龟的后事交代给了巴拉克——在院落里打扫卫生的穆斯林老者。然而，巴拉克直言自己做不了，也不说明具体原因。这让人想起了在路上那些被撞死的动物无人处理的景象，也许，当地人天生就不动死尸，死尸对他们来说就是一种禁忌。

母龟移走后，当人们将母龟在笼子里留下的湿漉漉尸水掩埋后，公龟突然从角落里冲上来，在母龟的位置上来回快速徘徊，眼睛盯着人们用手推车即将运走的母龟，动作之猛烈，感情之真挚，让人大为惊诧。这之前，从来没人发现公龟有如此剧烈的动作。即使将最美味的食物抛给它，它也只是不紧不慢的。

院落前方，人们找到了一处土质看起来比较松软的平地，因为下面土壤板结，只能挖出一个浅浅的小圆坑。"轰"的一声，母龟被倾倒进去，四脚朝天。

这样掩埋的话，就是做鬼，母龟也翻不了身，有人拿着铁锹将母龟翻正。

须臾，一个规规矩矩半球形的小坟头立地而起。旁边，象征性地插了一根树杈，代表着对这位老者的情愫。

毕竟，这是一只至少活了几十年的乌龟，作为有血有肉有情的生命，需要尊重。

从院落远远望去，半球形的小坟头，形状如同那只母龟不断远去的背影，而那根树杈，就像一杆手杖，像极了《功夫熊猫》中手持杈杖的龟仙人——自由了，只是有些晚。

几天后，趁人们午休，公龟突然出逃，但因为大狗狂吠搅局，最终越狱失败。

当人们检查铁皮房的时候，才发现，那道锈迹斑斑的笼子防线，以及墙角隐蔽的洞口，其实早就可以被突破。但是，这个突破口太小，只能容得公龟钻出，而母龟体积太大，无法穿过。

为什么公龟没有选择逃脱？其实它早就可以逃走。人们猜测，可能只是因为公龟眷恋母龟，直到这一计划暴露。

因为铁皮房距离食堂太远，人们索性就制作了一个简易木笼，将公龟转移到了食堂旁，这样，平时的剩饭剩菜就可以随手丢给它了。

然而，一个多月过去后，人们意外地发现——公龟也死了。

在公龟尸体旁边，是几团新鲜的蔬菜疙瘩，那是乌龟摄取水分和营养的绝佳食物，而它，还是倔强地死了。死了的公龟，脖子粗得吓人，体积甚至超过了脑袋——估计是撑死的！

这两个相反极端的结局殊途同归。人们将两只旱龟埋在一起。生前一对，死后一双，即使是动物，也有这个权利。

乌龟自我保护的时候，被人骂作——缩头乌龟，成了典型的缺乏冒险精神的代言人；乌龟的慢，也被人讥笑，只有寓言世界里的"龟兔赛跑"，才能给乌龟挽回一点颜面。

然而，造物主是公平的，身体的能力和身体是相互匹配的。你让乌龟跑得比兔子快，除非你让兔子也缩进壳里！你觉得乌龟行动迟缓，但人家龟年鹤寿！兔子跑得快，那就让它没有任何保护，撒丫子跑吧！乌龟跑得慢，那就给它一身铠甲，腿、脚、头一缩——

躲起来！

院落里的鸽子保持着禽类少见的"一夫一妻"制，觅食成双，归巢成对，一旦其中一只毙命，另一只很长一段时间都无法恢复，有时甚至殉情而死。或许，这两只乌龟的死也有着同样的内在联系。

在这干旱的沙漠边陲，在这贫瘠的严酷环境，动物们持之以恒地守护着自然选择出来的准则，誓死不变。即便是古老的爬行动物，也陡然让人刮目相看！

项目营地的鸽子进化史

> 引言：历史上，人类曾蒙面三次。第一次，哥白尼的"日心说"，告诉人类——宇宙并非以地球为中心；第二次，当教会还余怒未消时，达尔文的"进化论"，又残忍得指着龇牙咧嘴的猩猩——其实你们同源；第三次，弗洛伊德的"精神分析论"，温柔而又嘲讽地在人类耳边轻吟——支配你们的，是深埋在显意识之下的潜意识……

非洲，如同黑色肌肤、黑色镜头，一度让人错以为没有鸽子，这种假象和假想，一如人们觉得非洲没有白色人种一样。这种不探究竟的"觉得"，不知掩盖了多少真相！来到非洲之后，才发现，非洲不仅有鸽子，而且非洲还有白人。这种感觉犹如 17 世纪的欧洲人突然发现了黑天鹅一样——偶然事件总是具有颠覆性。

坐落在大西洋岸边的项目营地，工程人在这里已经扎根 30 多年。一排排微微发红的平房掩映在屈指可数的绿色草木中。在这片海边沙地里，久违绿色中的项目营地，宛如沙漠之舟，给人希望和勇气。

这些满载着工程人故事的平房静静地横卧在大西洋岸边，聆听海浪的声音，经历着30多年几乎天天不曾停歇的海风吹蚀。按照中国的发展速度，在国内这么久远的建筑物已不太常见，虽然其历史比不上北京四合院的古老，但也已经有足够的资格让到过这里的工程人将其作为回忆的母体。

在这个项目营地的院落里，关于人的故事太多了，多的没人去数。除了人的故事以外，这里，还有鸽子的故事。

项目营地的鸽子很多，也很有年头。当你问起这里的人关于鸽子的历史的时候，即使找个"老人"，也无法将记忆的触角延伸到第一只鸽子的翅膀上。总之，太久远了……

世界上有两种动物，一种是远离人类，像野猪、老虎、狮子和豹猫；另一种则是寄居在人类身边，比如猫、狗、老鼠和鸽子。显然，第一种无论多强大，最后也要落得个被保护的结局，而第二种，则搭着人类文明的便车，不断进化。

项目营地的鸽子没有天敌，丰衣足食，生活安逸。因为项目营地挨着港口。从港口卸载后的粮食在发往各地时，必然要经过项目营地旁边的一条二级公路。在港口，散装的小麦被直接抛进大卡车车斗中。当满载小麦的大卡车在公路上疾驰时，小麦就从卡车斗的缝隙中漏撒在路边，它们企图在这异国的土地里扎根生长。守候在路边已久的职业"清扫者"一拥而上，以最快的速度将这些漏网的小麦混同沙石和泥土归集到了一起。而鸽子，在人们奔走的夹缝中，分得一顿"免费的午餐"。光有食物还不行，鸽子在饕餮大餐之后还需要开怀畅饮。这个号称"沙漠之国"的干旱国家，水源极为匮乏。然而，鸽子自有生存捷径。每当项目营地有人洗完手，残留在水槽中的水便成了鸽子的丰盛水源。当然，水多的时候，它们也能洗个冷水澡，为接下来和恋人的约会梳妆打扮。当人走开的时候，鸽子从树上、屋顶上和地上一起扎向水槽，戏水豪饮。天上的猛禽自然不敢骚扰人类的居所，这种"狐假虎威"的阵势为鸽子提供了一道无形的天然屏障。在人类的"保护"下，鸽子过着舒适至极的红火日子。仰仗着稳定的食物和水源，以及安全的环境，鸽子在空调室外机上、屋顶上和树上构建了一个个爱巢。鸽子蛋在巢穴中被批量制造，批量孵化，也批量地考验着生存资源。

无数历史经验告诉人们，没有压力的生物或者生物群，注定无法长久存在下去。没有天敌，鸽子恣意繁殖，数量剧增。同时，因为生活来源稳定，鸽子安于现状，排斥任何改变。没有鸽子愿意主动离开这个可以挡风遮雨的"港湾"，同时，它们也不允许有外来鸽子的加入。鸽子族群逐渐进入一种封闭状态，进而导致近亲繁殖。不久，一个个病鸽无法展翅飞翔，而成了项目营地"陆地清道夫"——大狗们的美餐。这似乎已经快到了那条"……无法长久存在下去"的经验的验证时刻了。此外，因为数量太多，鸽子生存空间渐显不够。有时候，鸽子在空调室外机上争地盘的打斗声搅得人无法入睡，直到被疲倦折磨得怒火冲天的人从屋里拿起扫把横扫打斗中的鸽子时，热闹声才告一段落。

就在此时，野猫闯了进来。这一切都好像是冥冥之中注定了一样，同时又让人觉得事情应该是这样的。野猫突袭了屋顶上和树上的鸽子巢穴。当鸽子还在熟睡时，趁着夜色，野猫大开杀戒，大快朵颐，大大地满足自己的"杀戮欲"和"食欲"。睡梦中，人们只听到屋顶上扑扑腾腾的声音。没有惨叫声，也没有杀戮的吼叫声。仿佛是大自然在执行自己的"家法"。约莫一刻钟，宁静又被还给了黑夜。对于那些被杀戮的鸽子和那些失去配偶的鸽子，野猫给它们造成了灭顶之灾，但是，对鸽子族群来说，则增强了它们可持续生存的稳健性。狗和猫从来没有如此和谐相处过，一个是白天陆地的清道夫，一个是暗夜飞檐走壁的杀手。它们立体作战，互不交叉，配合默契。

野猫的到来，造成了鸽子族群的分化。一部分永远告别了这个曾经的"世外桃源"，开始远飞他乡；另一部分将落脚点转移到了孤零零的仓库的屋檐上——比宿舍屋顶更高——野猫无法攀上的高度；还有一部分，则是被选择下来的反应更为迅速和行动更为敏捷的优良品种。鸽子族群的分化其实就是在进化，在进化的过程中，这些鸽子尝试着各种失败，却不断加强族群的生存能力。比如，鸽子一开始将巢穴迁移到了食堂的屋顶，可惜，被顺着大树赶到的野猫吃掉；于是，幸存者又将巢穴迁移到废旧机械上，结果，又损兵折将；鸽子接着迁移，接着淘汰。直到最后，它们才明白野猫的特性，然后找到足够高并且远离大树的房子，作为它们的栖息之地。这些生存下来的鸽子，无疑是经验和智慧完美的结合体。

有一阵子，项目营地的水用得飞快。大家使出浑身解数检查供水系统，也一无所获。有人发现问题的原因是——水龙头被人忘记关掉了。于是，大家觉得肯定是有人记性不好。有人就在水龙头旁边的水泥柱或水槽上贴上有提醒作用的白纸黑字——关好水龙头，节约每滴水！但毫无作用。水龙头还是有人忘记关。早上，满满一池水，一天就用去一多半，让人心疼。要知道，在这里，即使不谈那一方折合30元人民币的昂贵水价，也不谈水车运水的不易，就谈——假如哪天水被放干，这大热天岂不要出大事了！

有人放弃午休，躲在靠近水槽的办公室里，打开窗帘，盯着水龙头，看看究竟是谁这么健忘。

谜底终于被较真的人解开了。原来，因为项目营地水龙头使用时间长，丝口开始变松，不知道是鸽子赶巧还是鸽子已经有意识学会了人们旋开水龙头的动作，它们居然会转动水龙头旋杆，自己取水喝！向人们揭开谜底的人永远也忘不了他看到的场景。当人们都午休的时候，院落里除了风的声音外，就是一群鸽子在"咕咕"地聊天。事后回想起来，它们更像是在密谋！不久，一只灰色的鸽子从树上精准地落到水龙头的旋杆上，只见它先东张西望，在确保无人盯梢之后，它伸了伸脑袋，活动下腿脚，就像参加百米短跑的运动员马上要起跑一样。果然，它朝着旋开水龙头相反的方向，展开双翅，纵身水平飞离，双脚后蹬，在作用力和反作用力的物理规律下，水龙头被旋开了。水就像被征服的小野兽，乖乖地"哗啦哗啦"倾泻而下。一群埋伏在四周口渴的鸽子蜂拥而上，痛快畅饮。看的人一开始吃惊不已，为了确定这不是偶然现象，他走过去将水龙头关上。没想到，刚回办公室没有一刻钟，那只灰色的鸽子又回到了水龙头旋杆上，一样的动作，一样的豪饮。这天的午休被鸽子搅黄了，人和鸽子为了水源进行了一轮轮拉锯战。"要成精了！"有人惊呼。下午，人们拿来新的水龙头将所有的室外水龙头全部更换。但鸽子依旧重复以往的动作，只是，水是喝不上了。人们看着瞎忙活的鸽子，擦着头上的汗，裂开嘴："这就对了！"

如今，人和鸽子在项目营地一同生活，但又会在小范围内斗智斗勇，彼此促进。鸽子一代代更迭，人也一批批更替。随着时间的推移，在外界环境的压力下，鸽子族群不断调整自身，寻找生存捷径。项目营地的鸽子在逐渐进化，逐渐变得聪明。未来，在项目营地，仍会上演着它们的故事，而这些故事又会逐渐成为它们的进化史，也会成为每一个来过这里的工程人的记忆……

04—人物篇

那 一 刻, 我 们 远 在 西 非

西非人物志：丫丫

> 引言：那天傍晚，一声啼哭从丫丫的简陋平房里冲出，饱满而
> 又锐利，先是扯开屋顶，而后趟开阵风，撕破乌云，让天空之腹露
> 出。那声啼哭犹如一张不断延伸的云梯，直伸到天空尽头。这云梯
> 随风舞动，千回百转，婀娜多姿。丫丫仰着头，弯成90°的脖子上
> 的喉结剧烈抖动——我的乖乖！这是他迎接第八个孩子时的幻觉。
> 丫丫声称，这张云梯的尽头，是已故祖先的居所，他们的孩子以及
> 孩子的孩子，将沿着这条云梯不断攀爬，永不间断。事后，医生解
> 释——那是生命学中的DNA之链，人类繁衍之链……

在一个起风如常的傍晚，老司机丫丫驾驶着他的坐骑——一辆
三桥奔驰汽车，满载着重要生活物资，向北部的沙漠腹地出发。

那天傍晚距离今天早晨，已经整整三天三夜又一晚了。

对于一辆载重汽车来说，三天三夜的时间，是往返于基地和艾
因萨弗拉项目地的标准时间的上限。去程重载，需要经过努瓦迪山
口的陡峭山路，以及接下来将近200公里的石山沙地。技术一般的
司机需要一天两夜或两天一夜才能抵达目的地。抵达目的地后，需

要休整一个白天或一个晚上，例行车辆检查、加油保养、司机休息。之后，回程空载，则需要一天一夜才能返回基地。

三天三夜又一晚不回，对于丫丫这样经常往返两地的老司机来说，富余的时间间隙里，夹藏着危险的信号。

危险因素太多了，哪怕高悬于山路之上的巨石突然崩塌，哪怕车轮突然深陷大型沙坑，哪怕陡坡之上刹车片突然失灵，只要车、路和路的周围"突然"发生一件意想不到的事，就……细思极恐！

早晨，人们仔细寻找门口土路上是否有三桥车特有的车辙，并朝通向目的地的笔直公路上张望——遥望，企图"忽然"发现一个哪怕豆粒一样大小的卡车踪影。

矮胖的轮胎工声称，那天临走的时候，是他亲手给三桥车换的新轮胎，他还记得左右轮胎的纹路不一致。所以，只要看到有距离固定、纹路不一致的车辙印，一定就是丫丫的三桥车，丫丫肯定也在里面！

没有三桥车朝基地驶来，更没有三桥车的车辙印。

一组人立即用卫星电话与工地联络，获知前天傍晚三桥车就已经离开；另一组人迅速联络丫丫的家人，其家人反映已经3天没有见到他了。

不祥的预兆犹如突然拧开的水龙头，扎凉的冷水倾泻而下，劈头盖脸，凉彻每个人的身心。

这个时候，时间可能就是生命。

随即，人们调动性能最好的皮卡车，加一箱再装一桶柴油，喝足再带上足量的水，清点出尽可能全的配件，塞上各式各样的修理工具，满满当当一车。人们知道，在这无助的沙漠里，缺一个螺丝钉都可能让你白跑一趟，甚至将你难死！

司机带着两名技术娴熟的修理工，踩足了油门，驱车奔赴工地的方向。

紧张，就像拧足力的发条，那股劲，从清晨开始，一直延续到晚上。

无论这里的中国人换了几茬儿，无论到以后的以后，人们永远都不会忘记若干年前的"沙漠惊魂"，虽有惊无险，却刻骨铭心。

因为项目考察需要，4人组成的考察组驱车深入沙漠腹地。在汽车抛锚之后，才发现，因为走得急，没有带足水。沙漠里的沙子千篇一律，没有任何物体作为参考，考察组只能漫无目的、自以为是地行走将近一天。在太阳烤、地面蒸的复合夹击下，考察组成员个个体力消耗殆尽，嗓子干渴似火，身体几近脱水。最后，将求生的赌注压在了一串模糊的骆驼脚印上。幸亏遇到一名当地牧民，狂饮如牲，大睡3天，彻底将安全意识和三观一起刷新……

……

那辆服役将近10年的三桥汽车，除了发动机和底盘还是梅赛德斯奔驰出品的之外，其余部件都被更换数次，而轮胎、刹车片和弓子板可能已被更换了几十次、上百次。品质优秀的发动机持久地为三桥车提供动力，拽动车轮，经久不衰，如同满头白发的老司机丫丫，无论经历多少岁月磨砺，始终保持一颗不老之心。

起初，中国人用"叠音"称呼他为"丫丫"，以示亲切，后来，所有人都习惯了"丫丫"的称呼。

已知天命的丫丫，白发白胡，皮肤黝黑但"成色"饱满，岁月在他脸上镌刻的规则纹路，从眼角均匀发散。除了额头的横纹外，也只有在笑的时候，这些皱纹才能被勾勒和充盈起来。笑，让皱纹拱起，却又在心头被抚平。

与中国人工作了20多年的丫丫，对三桥车尤为钟爱。在他的职业生涯里，三桥车完美地折旧完了3辆，而丫丫却依然精力旺盛，不减当年，技术娴熟，炉火纯青。

与中国人20多年的共事和磨合，让所有中国人都认为，最难开的车、最难行的路、最远的距离、最重要的物资，只要交给丫丫，睡觉做梦都能梦游仙境。那些后来到这里的中国人，"先天性"地在信任的链条上又续上一环，于是，一环接一环，丫丫用实力和信用锻造了一条结实的信任链条，牢牢地拴住了中国雇主的心。所有认识丫丫的中国人，以及丫丫认识的所有中国人，都在这条信任之链上为他背书，而丫丫，也交到了足够多的中国朋友，收获了用三桥车也装不完的友谊。

丫丫的父母来自西非两个国家，父亲是塞内加尔人，母亲是毛里塔尼亚人，如今都生活在塞内加尔。每隔几个月，丫丫就会去塞内加尔看望他的父母。丫丫后代人丁兴旺，一共有7个孩子，其中6个女儿，1个儿子。除了1个女儿远嫁法国之外，其他的孩子都在努瓦克肖特生活。

与中国人相处多年，丫丫不仅习得了普通话，还学会几种简单的中国方言。周围人将这归结为丫丫聪明，甚至框定在"混血儿聪明"的理论里无法自拔。而丫丫则自认为是用心和好学，并举出例子：若干年前，一名文化水平不高的中国人，利用买菜、加油、砍价等这些被人忽略的日常生活细节，长年累月地反复练习，最后竟能将法语学得滚瓜烂熟，遂传为佳话。

不得不说，丫丫确实具有语言天赋，与中国人相处的当地人很多，但没有人能像他一样将汉语表达得如此流利。这也可以从他的家族得到佐证。一次，有人去中国驻毛塔的经参处办事，因为语言障碍，幸得一名高大憨厚黑人小伙的热情帮忙，事情办起来顺畅无阻。后来才知道，此人名叫穆萨，而他的舅舅正是老司机——丫丫。也许是家族遗传，抑或是后天教育，穆萨不仅汉语棒，人缘好，做事也积极，不久，就有幸被派到中国培训深造。同一个家族，有两个没有经过任何专门语言训练的人，能将汉语说得如此好，除了和中国有缘外，就是有汉语天赋了。

丫丫得知中医在中国历史悠久，是中华民族的伟大宝库，深受吸引，而其中更吸引他的是，中医无须价格昂贵的医疗检测和治疗器械，仅通过"望闻问切"就可以诊断病因，再通过就地取材的食疗法就能达到治病的功效，可谓成本低廉接地气。这激起了丫丫"学以致用"的欲望，遂数次求人取经。懂中医的人很可惜地告诉他："中医的诊断方式是'望闻问切'，单就这最重要的一项'望'，就……"此人眯眼看着丫丫，望"脸"兴叹——永远不变的脸色，就能难倒一大群经验丰富的老中医！得知原因后，丫丫却也发现了其中的优势——那就是可以隐藏内心的情绪。丫丫略带安慰，"比如你们——发怒了，就脸色发青；高兴了，就满脸红光；难受了，就脸色发黄；害怕了，就脸色发白，简直就如同'变色龙'一般"，而他们，则可以将情绪隐藏起来，有效规避了"情绪化"！

在干旱的热带，人体的新陈代谢在高温的作用下速度变快，像丫丫这样年过半百的老者，基本都退休在家颐养天年了。而丫丫闲不住，不顾儿女劝阻，老当益壮的干起了老本行，还乐此不疲。

这一次的物资运输，要翻越努瓦迪山口公路，还需要潜行200公里的焦沙烂石之路，重任非丫丫莫属。

……

人们花了一整天时间，在移动沙丘中找到了几乎被风干的丫丫。他已经在干燥滚烫的沙堆里干渴了将近一天一夜，浑身沙尘，如同被石化一般。在他身后的三桥车，轮胎几乎被饥饿的移动沙丘吞噬。

原来，在丫丫返回基地的路上，因为风沙肆虐，沙尘灌入了排气孔，沙粒滞留在液压油滤芯上，致使三桥汽车抛锚。

干裂了嘴唇的丫丫依然笑容可掬："看来，上帝还给我留了大把时间，也许还有更重要的事情等着我……"

一年后，丫丫的第八个孩子诞生了，所有的人都向他竖起了大拇指……

那天，抱着小宝贝，丫丫的皱纹更深了，是笑的……

西非人物志：巴拉克

引言：来自美国加州刑法的规定"除非用于教学和防身，任何人在加州不得制作、进口、销售、赠予、借用或拥有双节棍，违法者可被判……"以柔链连接的两节短棍，腕部发力，即可获得110千克/平方厘米的力度和350千米/小时的速度，威力远大于接在一起的长棍，甚至可以轻易击碎动物和人类最坚硬的骨骼……于是，在澳大利亚，持有双节棍违法；在英国，双节棍被严格限制；在法国，双节棍不得在市区使用；在荷兰，只有持有泡沫双节棍才不算违法……而在中国，双节棍虽然未被列为危险品，但在站场安检时也获得了等同于管制刀具的待遇……李小龙通过功夫片宣传了双节棍，而它制造的"恐惧"也在四散传播……

那辆布满锈迹的单轮车，踏着干瘪的轮胎，一路蹒跚，颠簸如筛，吱哇作响。

这位新雇的"清道夫"，用破旧的独轮车载着一段原木，从灰红色的墙前走过，让朽木气味随风向改变；从柔软的沙地碾过，留下一道笔直的凹线；从一片青草上压过，倔强的野草奋起抵抗；从板结的土路颠过，将年轮上覆盖已久的尘埃播撒……

单轮车的轴承干燥粗涩，钢珠和钢环赤裸摩擦，在发出的刺耳哀嚎声中，人们第一时间想到了巴拉克。这车轮、这年轮、这人世间的轮回，顺着这条车辙渐行渐远，人们又想起巴拉克已经离开，拦都拦不住……

若干年前的早晨，一阵阵湿凉的海风，一遍遍地扫过宿舍门口的纱网，将纱网吹润，汇聚露珠。绿漆翘边、龟裂如织的绿门上，一半面积因沾湿而翠绿如新；另一半却因干燥而浮尘遍布。

纱网护着身后的绿门，绿门守着屋里的睡眠。

躲藏在绿门后的睡眠，敏感、柔软……

那时候，仍然是那辆单轮车，车厢涂漆油绿，层次分明；轮胎充气十足，纹路崭新。

巴拉克小心翼翼地推着单轮车，慢而大的步伐，和他1.93米的身高相互匹配；轻而小的动作，与他瘦削的体形毫不违和。

只有在他拎起垃圾桶轻敲的时候，才不情愿地发出浑浊的"哪哪"声。

即使他想从人们的睡梦边轻轻掠过，而睡眠却未将他略过。

每天，都是这一串熟悉的"闹钟声"，准时、舒缓而又有节奏。

这是巴拉克和他的独轮车的联合演奏，鞋底擦地发出沙锤声，敲击垃圾桶发出击鼓声，一串喷嚏如同抒情地引吭高歌……

那时的独轮车，在巴拉克的照料下，锃光瓦亮，足量的润滑油填塞于轴承之中，让世界都能为之消音。

作为一名后勤人员，巴拉克的主要任务是看护院落和清扫垃圾——清道夫。

每天清晨，因为身材太高，独轮车又太矮，巴拉克双手尽力低垂，搭在独轮车把上，略弯着双腿，拖拉着步伐，不紧不慢地、挨门挨户地走到每个宿舍前，将拴在走廊方柱上的涂料桶的垃圾折到独轮车厢里。

日复一日，年复一年，如同转动的独轮，虽然重复着同一个圈，却走了一周长的距离，接触了不一样的大地……

满嘴花白胡子的巴拉克，或黑色或灰色的民族头巾总是和他同时出现，没人看到过他的发色和头型。无论酷热如暑，也无论狂风横雨，巴拉克总是和他规整的民族头巾同时出现。

印有小碎花的黑色大袍子，披在瘦高的巴拉克身上，如同揭竿而起的时尚，永远不向60年的岁月低头。

年龄虽大，动作也迟缓，但巴拉克很有眼力劲儿，总能够在关键的时候爆发出惊人的力量。

如同那飞舞的双节棍，柔链至软，当甩动时，却力道惊人！

那年，沙漠腹地的项目开工，车队需要跋山涉沙，先要翻越石山险路，还要刺进无边沙海。

一辆辆重载卡车在驻地满载待发。为避免半路倾覆，物资和车厢被反复捆绑后，几双常年握笔敲字的嫩手抓住麻绳的一端，用尽力气，几乎脚离地面。最先帮忙勒绳扎扣的就是巴拉克，

老头儿一出手，就将绳索拽下一大截，仿佛脚底板涂了胶。

当一桶桶机油暂储在驻地院落时，微小的渗漏引起了细心的巴拉克的注意，他最先找到修理工挪动、旋转、垫起机油桶，将渗漏孔置于最高点。修理工先是赞赏巴拉克的洞察力，而后佩服老头儿的力气。

这些都是看护院落和清扫垃圾的分外杂事，他却能保持一颗关注关切的心，随时出手相助。

分内事做好，那是应该；分外事也做，那是主动。

富有强烈责任心的巴拉克也有"闯祸"的时候，而且这"祸"闯的认真，也闯的"可爱"。

某日，驻地人们与另一家单位合作投标，双方合作融洽，共同挑灯夜战。

时间紧、任务重，几乎是每次投标的标配，这次不仅不例外，反而有过之而无不及。

不过，在对方大力配合下，最后距离交标时间不足1个小时的千钧一发之际，终将标书封装完，并一溜烟地完成了交标。

所有人忙得忘乎所以，以至于对方有人将笔记本电脑落在了驻地办公室，也无人员察觉。

于是，失主就委托他的司机来找。

司机没有来过驻地院落，对院子十分陌生。而因为彻夜苦干，驻地人们基本都在宿舍休息。

于是，司机就启动了搜索模式，东瞅西望，对办公室施行地毯式排查。

虽然院落里的大狗对任何一名或熟悉或陌生的中国人都开启了兼容模式，但他这"鬼鬼祟祟"的动作，却引起了正在清扫的巴拉克的强烈警觉。

司机好不容易用"穷尽法"将笔记本电脑找到，就在他刚拿起，还未来得及欣喜时，早已盯梢良久的巴拉克紧攥扫帚把，疾步冲进办公室，将还有点懵圈的司机一把按住，——这下人赃俱获，逮个正着！

可怜的司机有理说不清，况且又不懂法语和阿拉伯语。

高个子的巴拉克，如同拎小鸡一样，薅着小个子司机的衣领，将他扭送到宿舍，并理直气壮地大呼——逮到了个"阿里巴巴"！

听声音，看神态，老头儿对"偷盗"怒不可遏，零容忍！

人们一眼看到司机的工作服以及上面的一排汉字，才知道这是一场误会，马上向他解释、道歉……而司机，向巴拉克伸出拇指——老当益壮，尽职尽责，希望你下一次认得我。

事后，人们毫无顾虑地睡得更香。

有人说，巴拉克被招募的时候，在村子里只身一人，孤苦伶仃。

早年，巴拉克的老伴儿染病而亡，唯一的儿子将此归咎于自己的父亲，始终解不开心结。

于是，父子冷战，而父子俩却又同时是李小龙的影迷。

只有在村里富人偶尔放映李小龙影片的观众席里，父子俩的距离才是最近的。

巴拉克说，他已经搞不清是自己真喜欢功夫片，还是因为儿子而喜欢功夫片。

但儿子喜欢功夫片是千真万确的。

巴拉克找到了一种有温度的解释：因为自己渴望和儿子再近一点，最好像当年他听腹中胎动那样近，那种37℃的声音，听完后，总有一种奇妙的满足感。

后来，儿子思母积郁，最后离家出走，而巴拉克却千真万确地喜欢上了功夫片，尤其是李小龙那风驰电掣般的双节棍，强劲的力弧将人包裹起来，刀枪不入，一种前所未有的安全感浸透全身。也许儿子只有在功夫片、双节棍里才能寻找到久违的安全感。

……

时隔多年后，巴拉克门口的一条土路，一夜间被来自亚洲的中国人铺筑成沥青路。黑色平整的路面上，滚动着各式轮子。这些转速不一的车轮，从远处赶来，又奔向另一个远处。

快速旋转的车轮与沥青路摩擦出的温度，曾经点燃巴拉克寻找儿子的希望，他坚信儿子就在道路的尽头。

无奈，即使速度争先的中国人，摊铺机的作业速度也永远跑不过汽车的行驶速度。

"那就跟他们走吧！跟着挖井人，就一定能够找到水；跟着铺路的人，就一定能够找到远方的亲人！"巴拉克拾起行囊，锁上家门，坚定地跟着这群中国人走南闯北，要把路延伸到每个角落。

然而，巴拉克老了，力所能及的事情只能是做后勤工作。

第一次见到中国人时，巴拉克觉得每个中国人都能将这种链式兵器甩得呼呼生风。

巴拉克告诉人们，使得好的双节棍，棍头的速度，最快可以达到子弹的速度。人们告诉他，那只是夸张的传说，或者是伴随在李小龙光环里的传说。

一提双节棍，人们就激动地岔开话题，竟聊起香港棍王李延才的棍法。一个毒蛇吐芯就可以将一千张纸瞬间击透，这中间真是准确度和力道的完美体现。

准确度和力道是个熟练活，是靠训练千次、万次、亿次而获得的感觉。以臂力带动腕力抖出，讲究抛棍的力道——即瞬间改变弧形半径来获得劲力。

众所周知，如果一辆车以固定的半径绕圈，突然减小半径，可能就会车翻人伤。类比在双节棍上，其最大的力点，就是在挥棍之后，猛然收棍的瞬间，此时自由棍端的弧形半径突然减小，就形成了极快的加速度，打击力极大。

除了这抛棍的力道外，更讲究收棍的柔道。如果甩出去强大的击打力后，没有完美收回短棍，则可能误伤自身。

巴拉克对双节棍刮目相看，多年来，他只看到威风的舞者，未曾料到这链式兵器是物理原理、刻苦训练和刚柔相济的集合体。

一年后，人们尊重巴拉克的选择，他带着一条训练用的泡沫双节棍，返回家乡。

　　如同舞棍者收回短棍，即使在外面风驰电掣、呼呼生风，回到原点的时候，终将温暖轻柔。

　　两个人，父子一场，以血脉为链，总有一天，会如收棍一般，亲情回归。

　　巴拉克说，这四通八达的路多了，希望就多了，终究能引导儿子返回那最初的原点，而他，只要在门口安静守候，给一个怀抱，就能解开多年的心结。

　　那天傍晚，外面风吹树摇，风中夹杂的细沙，让人无法逆风睁眼。宿舍门口走廊下的灯泡被风吹得左摆右晃。人们试图劝说消瘦的巴拉克改日再走，他却决心已定，说儿子可能正在家里找他，再迟一步，真可能天各一方……

　　风中的巴拉克，戴着结实的民族头巾，如同他坚定的决心，穿透厚风，消失在沥青路的尽头……

西非人物志：穆萨

引言：来自葡萄牙、毛里塔尼亚和中国的三家工程公司，同台竞技，分三段承包了这条将近200公里的公路施工项目。于是，这三段里程，如同武者手中飞舞的三节棍，每节速度不同，尾棍快过中棍，中棍快过首棍。在进度上，三家快慢立判，咨工催促葡萄牙公司追进度，督促毛塔公司赶工期。当三方聚在一起，争得面红耳赤时，咨工又拿出中国公司来作参照——"为什么不和中国公司比？""……他们是疯子！""我们不和疯子比！"信守"兵贵神速""天下工程，唯快不破"的中国公司，用疾风一样的中国速度，将慵懒的西非干旱草原吹得汹涌澎湃……

这是旱季的中午，晴空万里无云，赤地千里无风，烈日百尺似火。

项目营地的四排集装箱，如同晒透发焦的鱼干，规则地散布在塞利巴比的干旱草原上；四周一圈完整如筛的铁丝网，紧紧圈住这些鱼干，仿佛它们能被烫得鱼打挺而逃之夭夭；机械设备被炙烤得无精打采、苟延残喘，温度再高一点，它们宁愿再回到炼铁厂的高炉里！

集装箱被涂成白色，来反射阳光；汽车前排座和方向盘包裹了一层白色皮套，来驱散热量。即使如此，集装箱的白皮被晒得龟裂如织，汽车皮套被烤得卷皮。

这是一年最干燥的季节，这是一天最热的时刻。

烈日下，所有的东西都热得嗞嗞冒烟。

有经验的人对吸热的黑色物体敬而远之，以防止被灼伤；挖机操作手小心操作挖斗，斗齿战战兢兢地触碰坚石，星星之火，可以燎原，大火可以激情地将整个草原点燃，绝情地将牧民的牲畜就地烧烤。

吸烟有害健康，在这里可以诠释成——抽烟危及生命。

警惕的当地人，只要看到有人抽烟，就会警觉得围上来。他们不夺不抢不劝不闹，微笑不语，只等抽烟者处理烟屁股的那一瞬间。如若随地一扔，他们就会群起齐踩刚落地的烟屁股。那群魔乱舞、尘土飞扬的景象，让抽烟者愕然羞愧，即使用颜面扫地，也无法清扫被踩扁的烟屁股。

这天午饭刚过，与往常不同的是，油工穆萨从加油机旁，弓着腰朝人们宿舍飞奔。

身材粗短的穆萨，疾步如飞，蹬在干燥的沙砾上，发出急促的摩擦声，几乎能将地面蹭出火星。

穆萨甩开纱门，左手紧握右手腕，右手掌垂头丧气地耷拉着。他极力屏住粗气喘吁，可怜兮兮地站在人们面前。

从他的眼神中，人们读出了穆萨的痛苦和哀求。

原来，穆萨在加油的时候，不慎将手撞伤。

人们试图在伤手上找到创面，但因为肤色太深，根本无法通过发青或者淤血锁定撞伤部位。

虽然手没有破皮，但看起来很严重。

人们只能试探着触摸穆萨手掌的各个部位，当轻轻一动大拇指时，他就痛得连声叫"NO"。

有人说，本地人最相信中国膏药，认为那是万能贴，穆萨来这里其实是想找点膏药。

人们还没问穆萨，他就赞同似的直点头。

人们从箱底取出一叠膏药，抽出一贴，在穆萨大拇指的关节处缠贴上。

旋即，穆萨转忧为喜，先用左手轻抚一下贴好的伤手，然后小心地翘起右手的大拇指，连声夸好！

这架势，膏药一贴，立竿见影，于手，贴覆伤处；于心，聊以安慰；于情，温心暖肺。

人们安排穆萨去住所休息，并替他值班加油。

……

穆萨的主要工作就是为运输车辆加油，这看似无须耗费多少体力的工作，却也有其自身定律和规则。

柴油是运转的施工机械设备的粮食，是这条公路修筑工作的力量之源；如同人的一日三餐，其中的营养关乎一个人的健康成长。

自然，这"粮食"，绝不能交由头脑愚钝之人管理，除了手脚勤快之外，还要对油料记录，隔段时间进行统计分析对比。

油耗简单，但在油耗之后，是复杂的人，以及更为复杂的人际。

所以，加油远比仅仅将加油枪插入车辆油箱那么简单。

穆萨无疑是经过筛选并经得起考验的优秀加油工。

这个20岁不到的黑人小伙，话语不多，手脚麻利，干活勤快，任劳任怨，完全符合一名埋头苦干的劳动模范标准。

穆萨身材不高，但是体格敦实厚重，加油的时候，随着他熟练的动作，发达的肌肉在黝黑的皮肤下不住地骚动。

当人们佩服地拍着穆萨的肩膀用中文夸他强壮时，他笑着咧开大嘴，歪着头，用耍酷的眼神瞅着人们，嘴里嘀咕着模拟中文发音，用鹦鹉学舌般的幽默回应人们。穆萨虽不懂中文的意思，但知道那是好话，好话说两遍，变成幽默的概率就大了。

穆萨在展现自己敦厚老实一面的同时，用眼力见和机敏赢得了人们的普遍好感。

偶尔不给汽车加油的时候，穆萨会积极帮忙卸货、装车、扎绳；遇到从外地来的人，会主动将大箱行李直接送到住所。一来二去，穆萨认识的人越来越多，交的朋友也越来越多。

司机对加油工作的要求只有一个标准——来了就能加，加完就走。

工程师对机械设备因为意外损坏而耽误片刻留有一定的容忍度，但绝不允许因为加油这个环节而导致任何无谓的等待。

管理者要求油料进出都有记录可查，并能形成分析报表，绝不允许超出限度的油损。

无形之中，所有人对加油工作的要求越来越高，高到可以超出工作本身太多的能力——机敏、预测、分析。

车辆加油，是一项随机性极强的工作，或早，甚至在凌晨；或晚，甚至在深夜；或说来就来，甚至在还没有将第一口饭菜送到嘴里；或说不来也来，一辆辆自卸车，说好中午不来，却突然排着队出现在加油机旁。

地下油库的储存空间有限，施工高峰的时候可能两天就耗完；而在雨季的时候，可能一周甚至两周都不需要放油；另外，柴油需要从几百公里的油站购买，仅运输就需要一天。这些不确定的因素，需要加油工来平衡。加油工要具备良好的预测能力，不至于出现供油中断或储油罐盛不下而占用油车的抓狂情况。

对加油记录的分析，无疑是一项主动性极强的工作，数据的积累需要每天重复记录，而对记录的分类统计，能从数据的角度判断是否存在油损，甚至可以锁定"油耗子"。

……

中午的烈日下，代替穆萨值班的人体会到了穆萨的不易。

人们恭敬地立在大型卡车的油箱旁，这时，除了受赐太阳光热外，身体还有幸沐浴在发动机散发的热浪中。

暴躁的粗汗，犹如透明的虫子，从耳根、脖颈、脊梁、前胸和肚皮里，夺孔而出，挥汗如雨，汇雨成河。一刻钟不到，整个人如同被水浇灌一样，头发和上衣如同被浇塌的叶子，粘在头上身上。

看到中国人汗流浃背，身材高大魁梧的司机一时忍俊不禁，咧开大嘴，牙齿如同笑开的白花瓣，撒了一地。

可笑之处在于对比，司机此时只有鼻尖上覆一层汗珠，身体其他部位都不像中国人汗流如浆。这只能解释为中国人"热受体"发挥的作用——久居四季分明环境中的中国人体内的"热受体"较常居热带地区人的"热受体"对高温的反应更强烈。

这名乐开花的司机也叫穆萨，人们为了和油工穆萨区分，就称他为司机穆萨。

与油工穆萨不同，司机穆萨虎背熊腰，品行更如同他走路的姿势：身正，正直，直爽。

司机穆萨是一个精力充沛的人，总能在闲暇之中找到活儿。在油工穆萨加油的时候，他就趁机用柴棒将自卸车辊辘上的泥渣抠掉；在人们午休的时候，他就拎来一桶水，一点点擦洗自己的坐骑。

自卸车驾驶室里，穆萨将座椅、踏板、玻璃、方向盘、仪表盘打扫得不染纤尘；驾驶室顶棚上，塞着穆萨三口之家喜笑颜开的塑封照片。

穆萨驾驶技术精湛。这种精湛，是技术和责任的结合。遇到坑洼水汪，能避则避，能慢则慢；行驶时，适时适当调整挡位和油门，能节省可观的燃油消耗。

雨季来时，公路施工不得不暂时偃旗息鼓。

一排排自卸车，只能停在雨里生锈，躺在财务报表上折旧。

穆萨住在项目营地的附近。雨中，人们时常看到顶着雨披、朝营地跑来的穆萨。他是来照顾自己的自卸车，围着那辆红色的庞然大物，转上两圈，仔细检查塑料布是否有破损，妥当了，最后才满意离开。

一天夜里，穆萨的邻居十万火急地跑到项目营地求助，告诉人们，穆萨的老父亲被毒蛇咬了一口，需要紧急送往50公里以外的医院。

当人们到达穆萨的家里时，瘦弱的老头儿躺在地上奄奄一息，两个粗圆的大牙印赫然出现在左小腿肚上，伤口附近已经瘀黑。

有经验的村民用土法来吸毒，抓来一大把盐巴，一狠心，直接朝咬痕上一搓。

本来瘦弱、瘫软的老头儿，因为剧痛，肌肉瞬间被引爆，差点儿从地上暴跳起来。穆萨噙着泪水，嘴里絮絮叨叨，和几个年轻人紧紧按住老爷子。

人们驾车在土路基上飞驰，将老头儿送到医院，经过紧急救治，总算挽回一条命。

穆萨说，期待这雨季早些结束，公路早日修好，关键的时候，能救命！

然而事与愿违，这个雨季出奇的漫长，雨季蔓延，人们的皱纹也跟着延长。

雨季活疏薪少，穆萨肩负的家庭担子，如同棉花淋雨一般，越来越重。

在雨季的尾声里，穆萨祈祷雨停复工，时常仰望天空，试图第一时间发现雨季结束。

在人们的接济下，穆萨得以渡过难关。本来没有挑明的捐助，在雨季之后的两个月，穆萨还是叩门一一归还，深深感谢。

……

那一年，这条干旱草原上的公路在祈祷中、在加速度中、在齐心协力中得以提前竣工，所有发生在这条公路建设时的故事或有了结局，或有了新续。

居住在附近村落的油工穆萨和司机穆萨选择了两条截然不同的路。

油工穆萨的母亲身体有恙，自古忠孝不能两全，他果断选择了照顾母亲以及幼小的弟弟妹妹；而司机穆萨，则毅然选择了永不停转的车轮，驾驶那辆鲜红的中国重汽豪沃，跟着工程队，驶入下一个工地……

西非人物志：萨利姆

引言：在非洲，中国援建的地标性项目仿佛一个个花苞，它们热烈绽放，激情盛开，争奇斗艳，姹紫嫣红，如同不断扩大的城市。很久以前，努瓦克肖特还不是现在的首都，是个仅有200名以鱼牧为生村民的村落。若干年后，努瓦克肖特被定为毛里塔尼亚的首都。后来，努瓦克肖特大兴土木，当地人迎来了与坦赞铁路和非盟会议中心一样浩大的工程。经过几十年的建设，努瓦克肖特城市面积和人口翻了几番，一直到今天的1000平方公里和80万人。城市，从无到有，又从小变大，承载着国与国和人与人之间的故事……

在当地日常用语中，"努瓦克肖特（Nouakchott）"即"风口"之意。那么多年，这里诚如其名，风推浪，风卷沙，一遍遍呐喊自己的名字，让天地牢记，把万物铭刻。

风猛烈，浪汹涌，沙肆虐。

在人们记忆的褶皱里，是穿堂而过的风。于是，人们以风为绳缆，将一串串记忆悬挂在这风口当中，逐渐风干、储存。

又一阵风吹来，风口呜呜叫，绳缆上的记忆晃荡荡。

风中，年幼的孩童竭力呼喊父母，声音却被吹散；风中，劳作的丈夫为妻子挡住风沙，艰难前行；风中，耄耋老妪起身蹒跚着将虚掩的门窗关紧，风绕屋而过，室内顿时安静如初。

所有的一切，都可以以风为始，随风而终。这风声，印在婴儿出生时的记忆里，消失在老者物化的气息里。

从这里走出去的人，即使身在迪拜高楼，纽约大厦，北京胡同，广州闹市，梦里仍以一遍遍的风声为背景。

那一年，风如今天一般猛烈。

狂风拾浪携沙，吹飞了西方专家的图纸，继而又将他们的信心吹散，而风的呼啸，却将中国专家呼唤而来。

面对波涛巨浪，背倚肆虐风沙，西方专家断言，在这里修建万吨级码头，无异于天方夜谭，他们在质疑中选择旁观，在观望中充满怀疑。

没有调查，就没有发言权。一队怀揣激情和抱负的中国专家，耗时40天，徒步沿着浪与沙博弈而成的海岸线踏勘400公里，最后的结果让当地人重拾了信心，让中国专家下定了决心，也让国与国有了友谊的连接点，在如此开敞的位置建设万吨级杂货码头是可行的！这回声在风中旋转，响彻无边沙漠。

这一结论，让中国与毛塔有了友谊的渊源，这源远流长的友谊如同清澈的善水，从港口开始，流进中国人的心瓣，流进当地人的心房。

港口建成后，取名"友谊港"，工程人将无形的友谊用坚如磐石的混凝土固化下来，经受风沙吹蚀，巨浪淘洗。年复一年，日复一日，友谊如同醇酒一般，在时间轴上越走越远，却香味越浓。

彼时，数百名中国工程技术人员正与毛方人员夜以继日地鏖战，放眼望去，这是努瓦克肖特有史以来第一次有如此多人集中在安静的海岸线上，人们肩挑手抬，机械开足马力，抽沙成海，积石成堤，——750米长的栈桥基本完成，巨大的杜勒斯块体正在抛填，陆域堆场和仓库已粗具规模。

施工场地中的机械声、撞击声和吆喝声，被风声淹没，如同一场黑白无声的电影，却是记忆中最鲜活的画面。

在这群工人里面，有个黑人小伙，名叫萨利厄姆——发音快的话，就叫——萨利姆。无论是中国人还是萨利厄姆本人，都不喜欢在中文名字里加入"厄"字。

那时候，萨利姆身材消瘦，却精力充沛，工作积极，勤学好问，是毛方雇员中的佼佼者。

事实上，萨利姆的积极和勤奋源自其骨子里，他从管道工开始干，辗转反侧，从小工一直做到工头；后来又满怀"治国平天下"的抱负从政，参加议员竞选、总统竞选。虽然有始无终，但也收获了丰富的人生阅历，最终回归到最初的职业，小有成就地成了一名小老板。

回忆起往事，萨利姆眉飞色舞、手舞足蹈地讲述他风云跌宕的前半生。没有后悔，也没有抱怨，更多的是对后半生的乐观。

此时的萨利姆，仍旧保持着瘦消的身材、积极的态度和勤奋的习惯，只是岁月不饶人，头发和胡须的花白，如同在时间之廊掠到的蛛丝网；一副老花镜，只有在翻阅文字材料的时候，才匆忙从口袋里摸出，麻利地架在鼻梁上。

这时，阴晦的天空忽然飘下几滴冰凉的雨点，砸在萨利姆的额纹上，又顺着纹路，凉透萨利姆的心头。

这是萨利姆最担心的事情。他摘下眼镜，摸索着塞到上衣口袋里，双手抱肩，陷入沉思。

旱季尚未过去2/3，雨水就匆匆而至，这雨有点早的让人措手不及。

萨利姆知道，周而复始，是万物的规律。即使曾经盼雨心切，惜水如珍，但美好的雨水在不美好的旱季出现时，也是一种违和。

这种违和，不仅仅是天气自身周期规律的故障，还是连带一起的蝴蝶效应。

凭借多年的经验，萨利姆判断，明年的雨季，草原将会更荒芜。

这早来的雨水，会将草木过早唤醒，当旱季回首，就会将尚不能抵御干旱的幼草小树晒蔫旱死。

这一场突如其来的雨，犹如一场精心设计的陷阱，将草木骗出，然后诛杀殆尽。

萨利姆眉头紧锁，他雇用的工人多是牧民，这种周期故障看似影响了草木，实则影响牲畜，接着影响牧民，最后影响牧民的老板——萨利姆，以至于中国人的工程项目。

想想这恶性循环的链条，萨利姆将头发上的雨珠狠狠地朝下一抹，甩出一手冷水。他告辞后，径直登上吉普车，"嘭"的一声，这厚重的关门声如同他此时沉重的心情。

雨中的吉普车，渐行渐远。萨利姆要去他的工人朋友家，去商量为牲畜储备干草，去计划受雨影响的工作。

这位跟随中国人将近40年的毛里塔尼亚人，与一批批驻外的中国工程技术人员相识相交，成为朋友，又成为记忆。

40年，按照平均每4年一个批次，也会有将近400名中国人来此工作。

随着人数的增长，即使头脑灵光的萨利姆，也经受不住时间对记忆的侵蚀。每次接到从中国打来的电话，萨利姆都先入为主地热情问候，——好久不见啦，——在中国还好吗？——什么时候再过来？当挂断电话后，反复叩脑回忆，才能想起曾经熟悉的脸庞。

与萨利姆为友的400名中国人，即使互不相识，但在中国一旦偶遇，将以萨利姆留给他们的记忆为枢纽，彼此连通，便有了人生的交集。

这交集多了，成了一种集合，一种以萨利姆为中心的集合。俨然，萨利姆在去过毛塔驻外的人中，成了名人。以至于首次来毛塔驻外的人，第一次见到萨利姆，只一句——你就是萨利姆！然后手紧握，心贴近。

萨利姆热情主动，在当地人脉广阔，棘手的事情交给他，基本都能落地有声，有始有终。

当人们初来乍到的时候，曾遇到一些属地化困难，萨利姆积极寻找解决之道；当人们"山重水复疑无路"的时候，萨利姆的出手相助，犹如"柳暗花明又一村"。

与中国人在一起共事长了，萨利姆习得一口流利的中文，不仅普通话甚至地方话，萨利姆都能说得如鱼得水。

初期驻外的人，不少来自上海。那时，萨利姆以为上海话就是标准的中文口语，遂很快掌握上海话。后来才知道，普通话才是中国的"官话"，应用最为普遍。

人们说，这算是萨利姆在语言学习上的一段"弯路"，但萨利姆不这么认为。他说，其实几乎每个中国人自出生时都是先学会地方话，然后才开始学习普通话，而自己的语言学习路径完全符合一个中国人学习母语的习惯，这是最标准的中文学习程序。姑且就把自己当成一个地道的上海人，在上海出生，幼年学习上海话，然后逐渐学习普通话，整个过程，相当于做了一次中国人。

萨利姆早期开拓事业的时候，曾追随他的老雇主——老黄。

老黄是白摩尔人，曾任职毛里塔尼亚驻法国大使，家境殷富，居住的富人区街道整洁，大树如荫，独栋别墅里，养育着9个孩子。

彼时，人们做客老黄家时，萨利姆陪同，并兼做法中和中法翻译。

好客的老黄用烤全羊来招待客人——将羊肚掏空，填塞大米，然后置于几乎封闭的窑炉中，小火焖烤半天，取出后，羊肉香酥，大米晶黄，看起来满口生津，吃起来肉汁四溢。

席间，老黄娓娓道来自己对中国的印象。

老黄曾在20世纪八九十年代去过一次中国，那时候的中国印象始终留在老黄的脑海中，北京很大，故宫很老，自行车填塞于大街小巷。

二三十年过去后，老黄的中国印象依旧停留在八九十年代，而通过口耳相传的萨利姆，其间接印象也仅此而已。

终于一天，老黄再次启程远赴中国，才知道，中国在改革开放的30多年里，城市已经翻天覆地，焕然一新，可谓今非昔比。

后来，老黄毅然将大儿子送到中国留学，说学成归来，合计着在毛塔从事中毛贸易。

那日席后，人们像采访一样问萨利姆，最高兴的事和最遗憾的事有哪些？萨利姆调整了一下姿势——最高兴的事，就是多认识一个中国人；最遗憾的事，就是连一次中国都没有去过……

人们走出门外，夜风依旧高冷，将天空洗净，将星月洗清。这风，曾是改革之风，将中国刷新；这风，曾是友谊之风，将中毛拉近。这风中的人，曾经逆风而行，又曾经顺风而奔；这风，正将院内的几棵大树反复摇曳；这风，倏然间钻进怀里，人们不禁打了个哆嗦，想必国内也快立秋了吧。

西非人物志：米哥

> 引言：在人类已知的酸、甜、苦、咸、鲜5种味道里，不同于酸、甜、苦、咸的大胆表现，鲜味呈现得最为委婉。本来，成分为谷氨酸的鲜味，其自身溶解后没有任何味道，然而一旦和其他味道和食材搭配，鲜味的芳香就会变得生动起来。鲜美四溢的鸡汤、香飘十里的牛排、质嫩爽口的羊腿、五味俱全的鸭脖……鲜味，在与食材结合和作用后，使食物有了前所未有的滋味，让食客大快朵颐、口舌生香。这鲜味，走出了味道里的非凡之路……

米哥体形像米，外表如同大米一样普通到极点，但又如同通电良久的电饭煲一样热情到极致，跟着米哥，总能感觉到活力四溢的热情，这热情又如同饭香一样实在，充饥的米饭触手可及，正如米哥在身边一般踏实。

此时，毛里塔尼亚时间上午10点，对应国内大年三十晚上6点。

米哥站在驻地院外淤积而起的沙堆上，拨出一串"+86"开头的电话。

"对不起，现在网络忙，请稍候再拨。"在这除夕之夜，祝福拥塞，红包如雨，通信基站的设备早已不堪重负。

米哥将手机高高举起，终于拨通电话，但一放在耳边，信号就消失。米哥将通话开免提，但灌进话筒的全是风声。

米哥急，米哥跳，米哥蹦蹦跳跳打电话。

米哥的拖鞋像两块大红薯滚下沙堆，他赤着大脚板，将沙堆尖硬生生地跺瘪。这下，即使蹦起来，米哥也触碰不了"高上"的信号了。

米哥急了，索性搬来木梯，爬到平房屋顶，脚踩鸽子粪，手持诺基亚，按"老中幼"的顺序，给父母老婆孩子通话。

米哥这电话平时都可以打，但今天不一样，因为气氛不同。

气氛一不同，人的情感就不同。米哥试图通过电话另一端的热闹欢腾，来将这边的清静凄凉"导热"。

米哥想象着热腾腾的年夜饭，座有虚席的圆桌，以及隔着玻璃在零下8℃的空气中剧烈绽放的烟花；米哥又望着头顶的天，没有四周景物的视野里，代入感更强。

米哥看着脚下的鸽子蛋、欲逃的小乳鸽以及扑腾飞开又留恋的成鸽，不觉被此情此景深刻感染。

米哥的深情让晚上的一道"养生鸽子汤"换成了"养生菌汤"。

米哥说，这个菌汤好，祛火、降压、调内分泌、帮助新陈代谢、增强人体免疫力。这养生鸽子汤哪里好？养生，却首先得杀生！

米哥不觉被自己逗乐，仰头观天，背手腆肚，迈着四平八稳的步伐，朝食堂走去。

自娱自乐，是化解寂寞的能力，尤其是常驻在外，在这清一色男性、神一样风沙的环境中，这种能力更重要。

除此之外，米哥还是烹饪"寂寞"的高手。他坚信，"寂寞"其实是无色无味的"食材"，你只需加入调料，控制火候，将它的味道改变，就能收获良多。

于是，米哥将"油盐酱醋"和"葱姜蒜末"倒入这驻外的"铁锅"里，或大火快炒，或小火慢炖，做出一份份酸甜鲜辣的"美味佳肴"，比如，在寂寞中锤炼的工匠精神，在孤单中历练的乐观精神，在宁静中学会的反思能力。

在所有的味道里，米哥最喜欢"鲜"这个味道。他曾说，自己愿意做个像鲜味一样的人——无色无味，一旦与食材结合，就能做出佳肴美馔。

米哥对机械和电子设备颇有研究，在无数个漫长的日夜、寂静的晨晚，米哥埋头苦干、忘乎所以，沉浸在一堆齿轮、螺丝、电路板、晶体管和说明书堆砌的层峦叠嶂里废寝忘食。

几乎毫无干扰的外界给米哥营造了一个培养工匠精神的研究环境，反过来，米哥的研究成果又慈乌反哺般地为这环境尽着一身力、一片情。

来到毛里塔尼亚，与国内比起来，环境不同，人不同，同样的事，就得换一种思路，一种几近自给自足的思维模式。

在这种环境中，大型机械设备少，与其匹配的零配件更是少，甚至没有。一个配件出现故障，可能搜遍全城也找不到，而有水平的修理工更是少之又少。

这时候有两种选择，要么从欧洲空运原产地配件，承受机械停运数天的损失；要么就地制作，价廉快捷。

谁都知道自己制作划算，但你得有那个钻劲和水平。

对！有米哥在。

米哥可以自己动手制作需要从法国空运过来的刹车片，可以将计算机的维修钻研到晶体级。这在毛里塔尼亚首都努瓦克肖特仅此一人，以至于同行都慕名而来。

好在米哥的热情如同在开了保温功能的电饭煲里的米香一样浓郁并且持久，总是有求必应。而这种有求必应的工作态度，让米哥能接触更多的故障案例，进一步丰富自己的技术水平。这故障越蹊跷、维修越困难，越能让米哥精神抖擞、穷追不舍。

首次来毛塔驻外的人，米哥成为他们在这里第一个认识的人绝对是大概率事件。

不仅是因为米哥随和，更是因为他的热心。

米哥用一种平和而肯定的态度对待你的每句话，即使说错了，他也不会发难，也就不会让人对某些话题有所顾虑，从而让聊天变得轻松顺畅，也让话题变得开阔，以至于古今中外，天南地北，无所不谈。

对于初次驻外的人来说，这种轻松柔和的淡入方式能给人以极大的心理慰藉。

在驻地工作，人员稀疏，流动性大，没有也无法明确任务分工，工作要么一主多辅，要么多主多辅。米哥的工作属于后一种。

自从米哥修理机械的技术人尽皆知后，从这"修"字开始，与各种名词有了无限组合，修油泵、修水泵、修屋顶、修煤气灶，等等，全都是米哥的工作。不过，米哥是热心的，心热得比这里的气温还高、还持久。

米哥曾经负责驻地院落的加油和加水工作，有人戏称之——油水工作，车无油不动，人无水不行，可见油水工作的重要性。

在负责加油工作的时候，彼时正值新项目启动之际。

新项目距离驻地将近700公里，且路途石山沙海，来去一趟，需要三四天时间；在部分路段，道路横坡和纵坡异常陡。

米哥根据道路横纵坡的度数，结合油罐车的数据，以及老司机的建议，经过反复计算，得出了油罐车每次载油的安全量，并在竹竿上做好标记。

每次，当油罐车从油站购油，回到驻地时，米哥就笨拙地爬上油罐车顶，打开锁头，揭开铁盖，用竹竿垂直插进去，观察油线，如果高过标记，就适当将油放入驻地地下油罐。

当新项目土方施工高峰期时，需油量巨大，人们不得不招聘素质良莠不齐的当地司机。

驾驶技术可以在面试的时候测试出来，但品行则需要"日久见人心"。

为防止途中有人盗油，米哥设计了简易的加密装置。

说到底，油损在正常范围内才能让所有人安心。这加密装置，保护的是双方，锁住的是心安。

米哥曾经通过放水这项简单的工作，为驻地选拔了几名优秀员工。

由于驻地饮用水网络没有和市政供水网相连，每隔两三天，就需要从水站运来食用水，灌入蓄水池。

搁谁都觉得，放水工作简单，但简单的事情做得周全了，让人满意了，就不简单了，这就是态度，态度一端正，何事做不好？

米哥观察，有人揭盖放水，水放人等，放毕就走；有人除此之外，还将蓄水池的落叶捞出，将用完的软管的管头置于高处，防止异物进入。

语言是有误差的，甚至是笼统和片面的，而现实是准确的，甚至是具体和全面的。

"放水"只是一个动作，与这个动作关联的事情有很多，他们在空间上横排，在时间上纵排。有心人会在时空上进行延展，无心人只关注那一瞬间的动作。

每次，当米哥遇到后一种人，都会向别人极力推荐。

米哥说，驻外是一种修炼，尤其是在这地广人稀的地方，要当成修行。

米哥驻外已经超过5年了，最有资格从时间的纵向上去总结驻外的状态。

初来乍到的前3个月内是新鲜期。这个时候，因为对周围所有的事物保持新鲜感，而对于工作和生活，脑子依然沿用国内的模式。所以，在新鲜期，时间过得飞快，日子过得充实。

3个月后，因为用国内的模式导致的问题越积越多，而此时新鲜感也在逐渐消退，于是，人开始进入一种逐渐难熬的状态。从第4个月开始到这第一年的结束，经过艰难、坚强地磨合，就基本上适应了驻外模式。

第二年，工作和生活步入境外模式的正轨，这时可谓轻车熟路，游刃有余。

第三年，如果还是第二年的状态，此时新鲜感已经荡然无存，开始思念家人。

第三年如果能熬下来，那就基本上是对驻外适应了，再回到中国，反而可能觉得在国内不适应了。

对于喜欢热闹的人，在这里，只能自找热闹；对于喜欢清静的人，在这里，绝对是不二之选。

米哥要做的，就是通过资源的匹配，将热闹和清净进行平衡。

驻地网络蜗牛龟速，而人们聊以消遣的方式之一，就是下载电影观看。

为了统筹整个驻地的网速资源，米哥开发了小型电影院。

米哥将投影仪安装在办公室，以白墙为幕，再接上低音炮，将房门和窗户一关，效果不亚于真正的电影院。

当晚上大家洗澡之后，驻地马上就要进入可怕的静寂之时，米哥嘹亮的嗓子对着窗外就是一梭子——啤酒饮料矿泉水，花生瓜子八宝粥，最新的火爆大片，7点准时放映！

人们在晚饭之后，品茶之际，不出院落，就能在这里尽享视觉盛宴。

于是，电影成了一档节目，米哥根据大家的喜好，有计划地下载，然后在每周固定的时间播出。

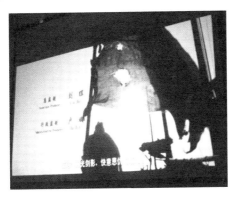

米哥擅长厨艺，总喜欢自己捣鼓一些地方小吃，成功了大家吃；不成功自己吃，所以米哥体形肥胖。

吃饭时，米哥抱怨中央四套总是在饭点播放考古纪录片。当米哥饶有兴致地夹起碗里的大酱骨，正准备下口；电视上的考古专家也兴冲冲地从地下挖出一块史前不明生物的大骨头……

在驻外的第四年，米哥曾开玩笑说，回国后，在人山人海中，他总能正确地踩在别人脚上，浑然不觉；坐公交和地铁时，却又总能错误地下车，非早即晚。

米哥推测，这是因为在地广人稀的环境中待长了，脚变得自由了，乱踩；感知变得钝化了，冥顽。

不过，米哥说，其实过一段时间就适应了，人，毕竟是人……

05—记事篇

那 一 刻，我 们 远 在 西 非

海滩拽钓

> 引言：这一生，仅有59天，这一世，生在冬季即无缘春季。
> 寿命不足两个月的海鲶鱼，要将人类的8分钟压缩为1秒钟。在蔚
> 蓝与深蓝混为一色的海洋里，海鲶鱼用足时间，拼尽力气，狂飙速
> 度，一刻不停地追逐、追击，直到误食鱼饵，被鱼钩撕扯着变形的
> 嘴巴，拽离水面，飞向蓝天和天堂……

冰冻的鱿鱼，似乎为即将再次重返大海而激动盈眶，泪珠滴答
成泪线，点缀在通往大西洋海岸的弯曲沙路上……

这是一个悠闲的傍晚，西方霞光如炭，残阳似箭，驻地西面的
人西洋呜咽如常。

暖色的夕照，如同洒出的鱼汤，蘸满在一队有着黑发黄肤的人
的全身，眉头渗出的娇嫩汗粒，被一阵强盗似的海风掠走。他们索
性赤脚踩在疏松柔软的沙地上，留下一串深浅不同、大小不一的脚
印。而藏在微细沙粒中的残破贝壳，直挠脚心，撩得人兴味盎然。

那只用麻绳吊着的冰冻鱼饵——鱿鱼，将兴奋的泪水挥洒一
路，直通海滩。

听人说，在这原始的海岸线上，海鱼多得让人难以置信。坊间

流传，某位垂钓者，当用鱼钩挂住第一只带鱼时，第二只就迅速咬住第一只的尾巴，第三只又毫不犹豫地咬上第二只的尾巴，以此类推，直到累得人的手发抖，差点儿被齐心协力的带鱼给扯进海里。这个故事，除了告诉人们"团结就是力量"外，更重要的是证明这里鱼多。就在去年，3个人去海边钓鱼，只用了不到两个小时，就收获了130多公斤。驻地的人甩开腮帮子，晚上鱼汤、早上鱼冻，花了数天才消耗完。于是，有的人也幻想着——手累得发抖，腮帮子撑成球……

说话间，这群人已到达海滩，凉风从海上迎面吹来，风驱赶着浪，浪携带着沙，一遍遍、一层层堆积在海滩。褐色却如同干柴一样的螃蟹，迈着修长的腿，结着成群的队，捡拾着鱼尸遗骸。这些几乎无肉的螃蟹，反应迅速，行动敏捷，无人能捉，除非巧设陷阱，才能捕获。然而，即使费尽心机攒上一脸盆，肉也塞不满牙缝，热卡甚至不足以抵消因为捕获而消耗的能量。

人们对这些鬼鬼祟祟的成片螃蟹视而不见，瞭望远方，脱口而出——来的时候不对。一是风凉衣少，人冷；二是天晚潮退，鱼少；三是鱿鱼做饵，少见。

可那只本来长眠于冰柜的鱿鱼已经完全解冻，10只爪子风骚得勾勒着浪的线条。为了对得起心情，为了对得起鱿鱼，众人决定海边垂钓。

……

这次损失惨重，一只鱿鱼在被碎尸万段后，以鱼饵的名义被分批丢入大海；一名生手将鱼线缠得凌乱如麻，于是一脸内疚地望着两个人在瑟瑟凉风中全程捋鱼线；风太大，一只鱼板被吹走，再也没有回头；……当天夜里，人们的鼻孔如同被鱿鱼的触角撩拨一样奇痒无比，嘹亮的喷嚏一直传到大西洋的海滩……引得那只鱿鱼狂笑不已……

这次损了鱼饵，丢了渔具，除了收获了感冒的抗体外，还有经验。有了经验，就如同有了种子，早晚会开出成功的花朵。

又有一次，狩猎的冲动在血管中极速奔腾，然而，可想而知，用万马奔腾的心情去从事一项心平气和的狩猎，只能空手而归，徒增唏嘘。

……

时过境迁，转眼一年。

听说废弃的、早已没有船舶停靠的老港，因为寂寞难耐，竟然招鱼引虾。这可是难得的绝佳垂钓之所。

防波堤如同强壮的卫士，驯服一波波桀骜不驯的浪头，迫使它们在港池里服服帖帖；一般的码头前沿水深都要达到8米甚至更深，这码头下的港池就为大鱼留足了尺寸；而高桩结构的码头平台下，则又是幸福的私密空间。垂钓老者捋着胡子仰天大笑：

风平浪静之地，鱼虾幸福之乡，心平气和垂钓，人间快乐不过如此！

虽然港口废弃，虽说码头岸桥机也形同废铁，但毕竟废铁也是铁，随便撕下来一块也能换点柴米油盐。于是，手端AK47的武装军人如同防波堤一样守护在大门口，随时摆平"桀骜不驯的浪头"，但对于垂钓者，则没有阻拦之意。

顺利进入老港区。通向码头的是两条分离的栈桥，从一条栈桥上可以看到另一条栈桥的全貌，包括栈桥之下腐朽不堪的钢支撑。有人担心，怕这腐朽的栈桥经不起汽车的重量，会因汽车的振动而突然崩塌。当遥望码头上停着的硕大的四驱越野时，心又放回了肚子，忐忑通过。

码头三面全是垂钓者和捕鱼人，垂钓者在于钓，而捕鱼者在于鱼，目的不同，方式也略有不同。用渔网者是捕鱼人，手持钓竿者不是捕鱼人就是垂钓者。还有简洁的直接就用鱼线，以手做竿。

对于这些没有鱼竿的生手，至少需要3米的码头前沿，扯着鱼线，将鱼坠在头顶旋转数圈，把握好时机，一松手，鱼坠拉着鱼钩，鱼钩牵着鱼线，双宿双飞，直钻进海里。

第一根鱼线因为用力过猛，飞离掌心，拥抱大海，沉入港池……

第二根鱼线缠进了旁边的渔网里，拽拉的重负感，以为钓到一只鲨鱼……

拿起第三根鱼线的时候，已无鱼坠可用，只能拿出钥匙扣当鱼坠，但拽出来的时候，只有孤零零一只钥匙扣，鱼饵则已被狡猾的海鱼笑纳……

天色渐暗，捕鱼人和垂钓者开始收摊。凉飕飕的海风将人们的热情冲淡、冲散，直到一个提醒人们回去的喷嚏声响起……

临走的时候，热心的黑摩尔渔民将钓到的无鳞鱼、海蜇一并送给了即将空手而归的人。

这次收获的，除了无鳞海货外，还有中毛国际友谊……

这次意外的满载而归，让人质疑——难道本地人忌讳的无鳞鱼全找上门儿了？

有人提醒，下次应该用废弃的螺母做鱼坠。螺母呈球状，中空，抛甩起来，风阻小，受力均匀，方向较易控制。

……

若干个月后的周日下午，约莫4点钟，有人从修理间找了几个沾满油污的废弃螺母。这次，因为老港码头空间有限，且栈桥存在安全隐患，人又太集中，垂钓位置就选在了就近的海滩。

因为是周末，海边人不少，但分布不集中，有足够的空间抛甩。

一个月前，一个当地老者娴熟的钓鱼技术早已刻在人们的脑海中。之后的一个月中，人们脑子里仿佛插入了一盒录像带，反复播放着老者的熟练动作。弧线、角度、速度、时机，凝结着老者几十年的醇厚经验，在鱼饵抛出去的一瞬间绽放出瑰丽的烟花。世间所谓"熟能生巧""台上一分钟、台下十年功"，也莫过于此。

一群脑子安插着录像带的生手，循环放映那老者的动作，将带着螺母和鱼钩的鱼线，在黑色头发的脑袋上，甩出一个比脑袋还圆的圈，把握好时机、速度、角度、弧度，一撒手，将鱼饵抛出，一切自我感觉堪称完美。糟糕，扔出去的鱼线要么跟着螺母一个猛子扎进大海，要么与别的鱼线扭打成一团乱麻。

一群阿拉伯人也饶有兴致地加入了垂钓，本以为狩猎是游牧民族的强项，而他们却不谙熟钓鱼。虽有完美的动作，如同草原上用绳索套羊，却没有圆满的收获，几只空鱼筐尴尬地立在他们身后，张着嘴，打着哈欠。

正在人们焦急地等待第一只鱼上钩时，海岸线的远处，走来一位身穿绿色衣服的魁梧渔民，背着一个足有半米多的帆布大背包，手里轻松地拎着一只鱼筐。那鱼筐没有随风摆动，足见其收获颇丰。当他看到有人使用螺母当鱼坠，立刻锁眉摇头否定。因为语言不畅，索性直接拿出自己的装备示范。

　　这是在海滩钓鱼，与码头完全是两码事，不能再用码头上的垂钓方式来钓海滩上的鱼。首先，单从海浪来说，海滩的浪头要远大于码头港池的浪头；其次，从相对位置上来说，人和海平面基本处在同一海拔高度，不像码头那样人高海低；最后，码头垂钓，鱼钩靠鱼漂悬在水中，而海滩浪大，根本用不了鱼漂，只能另辟蹊径。因此，光溜溜的鱼坠就失去了功用，而要使用特制的带4个爪子的鱼坠。这些爪子围绕轴心呈90°分布，左右前后、东西南北，确保在任何一个方向能够勾住外物。在使用时，将它和鱼钩一起抛入海里，因为重力沉入海底，至少有两个爪子会紧抓在海底柔软的沙地。这样，一方面，确保了鱼钩不会因为海浪而被冲到岸上；另一方面，确保了人们可以持续施加一个在鱼线上的水平力，保持鱼线紧绷。一旦海鱼撕咬鱼饵，就会在拖直的鱼线上产生异常振动，于是，反应快的拽钓者，就迅速大力收线，正好勾住贪婪的海鱼嘴。

　　因此，在海滩，就不能再称——垂钓，应改为——拽钓。

　　后来，热心的渔民又告诉人们鱼线的正确使用方法。应将鱼线尽量散放在海滩上，才能避免紊乱；在有鱼钩的鱼线另一端应尽量拴在海滩的硬物或者木杆上，才不至于让半透明的鱼线混入沙地中丢失；在鱼饵的选择上，最好使用新鲜的鱼肉，并切成条状，用鱼钩从一头开始，像缝衣服一样，连续穿刺，将鱼饵牢牢固定在鱼钩上，以尽量不让鱼钩暴露在外为宜，防止被眼尖的海鱼识破。

找到了正确的方法，人们不再追求潇洒造型的噱头，而是根据场所，使用正确的鱼坠、正确的鱼饵、正确的拽钓方式，逐渐，正确的鱼开始上钩。

成功虽然没被定量，但被定性了。虽然收获不多，但终于在异国他乡的原始海岸线上钓起第一批鱼，足以反讽一年前那只狂妄的十爪鱼……

夕阳西下，无声坠落，霞光照得海浪波光粼粼，如同万千有鳞的彩色海鱼在抖动脊梁，引得人们恋恋不舍。晚上清蒸有鳞鱼，这是对无鳞鱼的最好拒绝方式……

西非足球赛事

> 引言：这些来自农耕部族的马其顿步兵，怀着对土地的执着和热情，手持长达5.5米、重达6.8公斤的sarissar长枪，组成一个个形同刺猬的坚固方阵，前锋、侧翼、中锋和后卫分工明确、配合紧密。他们的目标不是冲出方阵，恣意斩杀，而是兼顾左右，保持队形。于是，"刺猬"所到之处，直接将对手前4排士兵戳成筛子……在8年东征中，亚历山大的军队犹如一只锤子，对阵数倍于自己的核桃，以牺牲不足500名马其顿人为代价，让对手付出20万条性命……

海风携沙从驻地西侧的大西洋吹来，被两米高的铁丝围网赫然拦住。围网挑剔地放过风，留住沙。于是，在围网脚下，埋伏着一堆蠢蠢欲动的沙粒，时刻觊觎着院落的大片空地。

这些穿过围网的海风，将一股股海鲜味直灌入院子里，浓烈的海鲜味喂满了人们的口鼻，却将钢铁机械慢慢腐蚀。

在这本来愉快的周六，在这即将滑入黑暗的傍晚，猛烈的海风横扫屋檐，发出高频率的刺耳声；愤怒的海风扇动着即将从停车棚脱落的斑驳旧铁皮，如同一记记耳光，甩打在寂寞的空气中。

风，以及它的声音，是常客，这里的一切都早已习以为常。

强劲的海风，可以改变足球的飞行轨迹，但吹不淡也稀释不了院子里的浓烈醇厚的活动气氛。一场小型的、业余的"西非足球争霸赛"正如火如荼地进行着。

红队来自中国，绿队来自毛塔，10年前他们素不相识，100年前他们……还没出生……

……

几个月前，有人曾信誓旦旦地发起"晨跑计划"，并列举晨跑对这一天、这一年、这一生、全社会、全人类、全生物的益处，从生理到心理，从身体到精神，从"身体发肤受之父母"到"身体是革命的本钱"，从个体到全体。

奔跑，让四肢前后摆动，让内脏加速代谢，让头脑清醒愉快，所有的一切，随着步伐的规律运动而健康生长、永葆青春。发起人誓让"坚持"成为"习惯"。总之，只要改变一点点的习惯，将受益一生一世。

然而，"做一件事""坚持做一件事"和"习惯做一件事"是3种境界。

"晨跑计划"不断遭受像风一样的时间的侵蚀。大概过程是这样：一条或平坦或坑洼或泥泞的道路，一场没有任何目的、任何追求、任何终点的追逐，终究，会因为目标不明确而逐渐被放弃。总之，这浩浩荡荡的"晨跑计划"即将以凄凉收尾：在晨光之下，从一群人晨跑，到一个人带着一群护院狗晨跑，再到一个人晨跑……

奔跑，如同奔驰在公路上的重载车，尤其是当重载车经过乱石山路，那信心就如同轮胎，起初鼓鼓囊囊，而后，因为暴晒、磨损，开始瘪瘪塌塌，甚至直接爆胎！

这毫无目的的跑步，如同一锅炖菜，文文细火，没有任何佐料，即使再有营养，食客也会渐少；而如果是一锅同样食材的炒菜，大火炝爆，然后加入一点佐料，比如圆圆的像"足球"一样的花椒，食客享用饕餮大餐的同时，不知不觉就将营养收入胃中……

在沙漠里待久了，喜欢朝远处看，总希望尽头能有绿洲，然而远处还是沙漠，于是失望孤独，低下头，却恍然注意到一片新大陆——每天踏在脚下的将近2万平方米的驻地院落——闲置资源。

这座囤积着浓郁海鲜味的院子，一多半的面积上堆满了施工机械，在海风的熏蒸下，宛如一只只刚出锅并散发着鲜味的肥硕海货，平地机如同澳洲龙虾，挖掘机如同招潮蟹……另一小半则空空如也，偶尔飞鸽落脚觅食，继而护院狗追逐游戏……这一小半院子足可以直接作为小型足球场。

在"晨跑计划"还没有完全失败之前，几个修理工就地取材，将废弃的脚手管截断、拼凑、焊接在一起，制作成两个方正的小型球门。不足3平方米大的球门，对应着不足1000平方米的球场，差不多是国际足联标准面积的1/8，算是符合"缩小版"的国际规范。

于是，"晨跑计划"逐渐被"西非足球赛事"代替，如同"慢火文炖"被"大火炝爆"取代，而作料，就是那圆圆的像"花椒"一样的足球。事实证明，大火炝爆、稍加作料的炒菜，要比慢火文炖、毫无作料的炖菜美味，再加上院子里天然的海鲜味，简直令人垂涎三尺。自然，人们不用在"营养丰富"的压力下填鸭式地硬塞，而是在满足"口腹之欲"的同时，将营养尽收体内。

从理论上来说，首先，"晨跑计划"的目标明确但不够具体，且非一朝一夕能够看到锻炼效果；其次，踢球的目的虽然也是锻炼，也非一朝一夕能看出效果，但具体到实际中，则具体化了——"进球"——这一具体目标。另外，球技差者，即使全场连碰到球的机会都没有，但激烈的互动以及偶尔接近目标的激动，都可能让人忘却疲劳。于是，在这个小型足球场上的一次次小型比赛，接力了"晨跑计划"。一片平坦的土地，一场有追逐目标的比赛，比起乏味的跑步，锻炼的效果要好太多，而且是在不知不觉中。

以锻炼身体为目的奔跑，纵然坚持、再坚持，即使没有失败，也要面临经年久月的枯燥。但只要在跑步之中加入一只足球，则彻底改变了这套乏味的"锻炼系统"，就能让众人参与，甚至让对跑步乏味者参与，让意志力薄弱者参与，最后，无意识的追逐，终将让汗水在挥手间映出彩虹，让脂肪在不知不觉中燃出奥运会圣火一般的火苗。

驻地是人员和物设重要的中转地与集散地。从国内回来的人员在这里休整、清醒头脑、梳理思绪，然后奔赴几百公里外的项目地；项目地的人要回国，先来驻地，洗去沙尘，收拾行头，登机回国。于是，这里总是住着一批忽远忽近的人。而从国内海运过来的物设，则先抵达附近的港口，然后被储存在近两万平方米的驻地大院里，等待项目地的物设申请单和重型卡车。人和物在这里集合，然后又分散。这里是大家彼此熟悉、增进友谊的绝佳之地，是身体和心灵的中转地。通过一场场小型足球比赛，可以让国内新来的人，迅速提升体力，以适应紧张的一线；也能使即将回国的人，让奔流的汗水冲洗毛孔的沙尘，用清爽的身心拥抱妻儿父母……

刚开始，参与这项激烈的比赛时，每一次冲刺，基本上要相当于一场迷你版的"百米赛跑"。有人体力跟不上，脑子跑在腿前，失去平衡，腿一软，一个跟头，直接翻过去，膝盖、胳膊肘直接蹭在板结的沙地上，皮开肉绽。而这些"小伤害"却是对"大伤害"的有效免疫，因为，通过锻炼让身体变得皮实，从而应对更大的不确定性。

有时候，即使慢跑，有人也坚持不长时间，大汗淋漓，气喘吁吁，筋疲力尽。这小型比赛的微妙之处在于——这是一套微妙的"有机系统"，而人是这套系统的一个个端点。人与人之间用"互动"进行连接。这结果就是，即使体力跟不上，但兴致不能落后，即使体力不支，也要强忍硬挨。就这样，体力稍逊者强捱几天之后，也能迅速恢复生龙活虎。即使常坐办公室的会计，踢球一个月以后，竟可以满场全程奔跑，无非汗流浃背。对于胖人来说，更是畅快无比，仿佛感觉到身上脂肪燃烧的声音——直至将滚圆的啤酒肚烧瘪！

通过比赛，人们还有"意外"收获，让比赛陡增故事性。比如，比赛途中，有人干渴难耐，将室外桌上放置将近两个钟头的凉开水一饮而尽，于是，两只肥硕的富含蛋白质的昆虫在已经抵达嗓子眼的时候，才被发觉，但为时已晚，人们只能自信浓烈的胃酸能够将它们变成人体吸收的基本单元，让身体解足油腻……话说，人这一生，在睡觉的时候，会不知不觉吃进若干蜘蛛、蚊子和苍蝇等昆虫。其数量的多少，与经济好坏成反比，却与足球运动的数量成正比……

……

这是旱季的周六，因为是一线工作紧张期，人员休假少，院子里的人也少了，但锻炼不能松懈。于是，在下班之后，邀请当地修理工一起来场扣人心弦的比赛，来告别充实的一周，不免让人内心沸腾。本来是"一场小型和业余的足球比赛"，通过局域网的散播，竟被夸张地称为"西非足球争霸赛"……

5个中国人组成红队，5个当地修理工组成绿队。

红队将对阵于来自全球脚板肌最强人种的绿队。

彼时，在夕阳的余照下，在距离中国3万里的沙漠上，在曾经孕育柏柏尔人和摩尔人的土地上，红队装备精良，身着战裤战靴战袜，对阵一群光脚板的绿队。而结果却证明了一句谚语"光脚的不怕穿鞋的"。比赛开始，绿队凭借腿长、步大、体耐等优势，从红队脚下抢球，轻而易举；而红队，凭借敏捷、技巧、协作等优势，也能在不经意间，险中球门。双方不相上下，难分难解。绿队满场追球跑，红队让球满场跑。绿队全是前锋和中锋，而红队则全是中锋和后卫。虽然球总是在红队球门附近徘徊，但固若金汤的防守，让球毫无可乘之机；反而绿队的大后方经常虚空，一旦一个大开脚过去，只要人能跟上，反而有进球的可能。最终，双方屡次平手。为打破平衡，双方决定改变编队，让红队和绿队的人员均匀搭配，让穿鞋的和光脚的协同作战。这样，在一支球队中，前锋、中锋、后卫搭配合适，分工明确，踢起来也顺畅多了。比赛胜负有分，全场跌宕起伏，精彩刺激，汗水遍洒球场，酣畅淋漓，直至夜幕低垂……

倒栽葱

引言：转了一千万圈，磨损殆尽的轮胎报废，物尽其用，化身围挡，为树苗遮风挡雨。这棵未来将成为"非洲一宝"的新生命，缩在圆形的呵护里，躲过风沙，逃过雷暴，茁壮生长。一个走南闯北、浪际天涯，最后将粉身碎骨成为"环保沥青"的原料；一个寸步不移、一挪即死，最后将被奉为神灵成为塞内加尔的国树。动与静，生与死，在这里交织……一阵风沙吹来，树苗随风舞动，用稚嫩的叶子吮吸空气中的二氧化碳，而轮胎，则极力用千疮百孔的身躯阻挡着沙尘的干扰……

当乌云携喧雷流经毛塔上空，当雨珠狠砸旱地绽开完美水花，当萧疏草木翘首仰头祈水浸，当三牲五畜仰天长啸庆雨期，这片广袤而粗犷的非洲大陆才从漫长的旱季苏醒。

一切都在等雷盼雨，整个毛塔的干旱草原，如同地球干裂的巨型裂缝，迫不及待地向乌云密布的天空张开巨嘴，嘶嚎——渴……于是，"哗哗"的雨声，如同巨

嘴下面来回抖动的喉结——咕……噜……仔细听，里面还夹杂着肺鱼激动的心跳声，它们深藏在自己制作的深宫里，哪怕再过一秒钟，就将永远凝固为干泥巴！

青草早已等得心急火燎，刚闻到水汽，就齐刷刷地从石缝和沙缝里钻出来，带出层层沙土，将板结的沙地拱成疏松的毛毯，然后又将绿汁泼洒其上，一片浅绿，两片深绿，朵朵红花，片片紫色，千红万紫，在大地上不断延伸，由近及远，四面八方……

仅仅一夜时间，干旱苍白、半沙半土的非洲干旱草原，就麻溜儿地盖上了一层镶有碎花的东北大棉被，让单调的大地倏然间生机盎然，让常驻这里的东北汉子想起"老婆孩子热炕头"的温情暖意。

那些险在上次沙尘暴中被薅走的小树，此刻，喝足了水，挺直了腰，憋足了劲，将叶子抽出，将花朵怒放，将根系一点点朝深处扎。在这难得的雨季，在牲畜打情骂俏的间隙，在人们饮茶畅谈之际，它们要加速生长，只希望来年抵得住风沙，只希望后年儿孙满堂……

当一阵清风吹过，饱饮甘霖、神清气爽的绿植随风舞动，像大西洋的海浪一样此起彼伏，又像毛毯一样柔顺无比。羊、牛和驴子一改往日的无力与沉寂，情侣们互相追逐嬉戏，情敌们则展开殊死较量，无论是情侣还是情敌，都要在此时活出真性情。

那些在旱季出生的幼崽，自从告别羊水，第一次邂逅多雨之季，它们拼命呼吸着湿润的空气，仿佛回到褓褓，又重启一次生命。而那些没能熬过旱季的动物，唯一能贡献的，就是用可怜的骸骨为这个活力四射的季节供应养分。

早在雨季来临之前，当地人就开始减少对牲畜的屠宰，以让这些生灵能够在雨季吃得膀大腰圆、膘肥体壮。

在这个季节，食物链变得异常紧凑。草木尽情吸吮着琼浆玉液般的甘霖，牲畜则尽情享用着绿色的珍馐佳肴，而人们则愉快地等待着嗞嗞冒油的烤羊排。在这个大自然恩赐的季节里，就像《古兰经》里说的那样，"你们可以吃大地上所有合法而且佳美的食物……"于是，这里的生灵放开肠胃去享用食物的佳美。

当云朵告别，旱季初至。很快，天空播洒的水，又要几乎被如数收回。这些处于食物链几乎最低端的绿植，匆忙将积蓄一个雨季的水分和养分存入根茎。

雨季是快乐的，就是太短暂。仅仅3个月，就光照如初。青草活了一个轮回，树木长了一个年轮，脑满肠肥的牲畜还没来得及瘦下来，就定格在餐桌上一串串香气四溢的烤串间、一碗碗油而不腻的肉汤里。

这个雨季末尾，在项目营地附近，一棵巨大的波巴布树正有条不紊地将水储存在肚中。粗圆疏松的树干，能够存上吨水，足可以留待旱季慢慢享用，还可以赈济他人。

彼时，一群布拉拉族妇女儿童在树荫下探井取水，驴驮双桶，人顶单盆，满载而去，将水输送到附近的部落。

存水的树，储水的井；完好的树，善良的人。一代树，数代人，人与树和谐相处。

它形态奇特，特立独行，就如同关于它的传说一样。

上帝造物之初，它吵着要去非洲热带草原安家。怒不可遏的上帝将它连根拔起，直接倒着扔到了西非，结果就成了主干粗短、枝叶稀疏的模样，如同倒栽葱一般。

此事传入凡间，却让人们顶礼膜拜，认为它敢于和天神对抗，具有超自然力，更是被塞内加尔人奉为"圣树"，并被印在塞内加尔的国徽上，作为力量的源泉、民族的象征。

事实上，你可以理解它对抗天神，不屈不挠，勇气可嘉；也可以解释为不走寻常路，另辟蹊径，曲径通幽。

眼前这棵波巴布树，树干高大却纹理粗糙，树杈奇特却枝繁叶茂。对于其他生长在恶劣非洲草原上的植物来说，要么将根深深扎进土壤，尽量缩短树干的高度，防止被风连根拔起；要么随着雨季的消失而消失，然后以种子的形式度过旱季，来年再生。但是，从这棵波巴布树的胸径和高度看，以及布拉拉族老者的描述得知，其树龄已到3位数，这表明它是这里最具生命力的植物。

这强大的生命力，在圣·埃克苏佩里笔下的《小王子》里，它的枝叶会布满星球表面，树根会刺穿星球内脏，成了能撑破星球的可怕植物。

如此高大且长寿的植物，却在如此干旱恶劣的气候里生存，自有其可"怕"之处。

答案不远，就在树下。

每当旱季来临，为了减少水分蒸发，这棵波巴布树就会迅速脱光身上所有的叶子，一丝不挂，让风和时间从枝缝中流走；一旦雨季来临，它就用粗大如巨瓶、松软如海绵的身躯通过根系，吸取大量水分并储存下来，待到旱时急用。旱季脱叶保水，雨季储水备旱，此谓顺应"天时"。

它扎根在地势低洼、容易蓄水的河道边。每当雨季匆匆而去，在很长一段时间，这里仍会保留着一部分集水。即使集水耗干，这低洼的河道也是距离地下水最近的地方。树荫下的那口井，就是循着这个原理而钻。优越的地理位置，也被布拉拉族人充分利用，他们在附近安家落户；何况，在这里还有树荫遮蔽。择低处安身，逐水而居，又顺应了"地利"。

布拉拉族老者捋着胡须，深情倾诉它接地气的功用。它浑身是宝，果实营养丰富，种子炼油调味，叶子入药治病，树皮造纸织布，汁液洗发护肤。高大的树干，除了储水外，掏空后还可以住人。简直就是：一棵树在手，吃、喝、住、医全都有。最后，吃剩的果壳，还可作为原始瓢碗盆，直到用得渣儿都不剩。对于沙漠旅行者来说，看到它就相当于看到了"生命之树"，只需用小刀在树干上挖一个洞，就可以畅饮一番。浑身是宝，人见人爱，这又赢得了"人和"。

如此，具备天时、地利、人和的波巴布树终于经历了时间的考验，成长为非洲干旱草原上最壮观和最有价值的树木。

忽然，一阵诡异的细风吹来，清澈且凄凉，让思考的头脑清醒。风中，有无数动物、植物在控诉，浑身颤抖，鲜血淋淋。这些生物或是濒临灭绝，或是已经灭绝，它们的灵魂在空中游荡，久久不愿离开。它们只想争执——人和，难道对人功用大就能直奔寿终正寝？黑犀牛气得用犀角乱撞！野生人参怒得抖动胡须！"你不姓胡，却满嘴胡言！"

层层探究，可知道，其实这波巴布树的食用和药用等功能非常有限，完全可以被他物替代，功用全但表现中庸。而这，却是它能独善其身的微妙之处。功用的有限阻挡了人类的贪婪，却为自己留住了生路。

……

人见人爱，猴子和阿拉伯狒狒见了也爱，尤其喜欢吃它的果实，久而久之，有的地方的人就称为"猴面包树"。或许这些尚未进化到人类的生物，也能从中获益良多。

猴面包树的知识点太多，多得让人误以为它是一套从天而来的考卷。它的形态告诉人，要时刻破除思维定式，目标是单选，但路径可以是多选；它的生存法则告诉人，做企业要天时地利人和，才能屹立百年；它的精神告诉人，我为人人，人人才能为我，事实上，其功用在不断培养人类对他的好感但保持距离；它的存在，告诉人，功用的有限让它避免了滥采绝种。这或许完全是进化的结果。

雨季匿迹，旱季复至。非洲大地上，干风扫荡，热气熏蒸，草躲树藏，荒芜一片。烈日伸出灼热铁红的巨舌，将河流舔净，将湖泊舐干，只有枝丫光秃的猴面包树敢揭竿而起，直指赤日，绝命抗争。这让久居荒漠的人们的视线不再茫然，让行尸走肉般的牲畜参考着它判断雨季的归期，让潜伏躲藏的植物看到高耸飘扬的胜利旗帜。

谁能料到，这里曾经植物苍翠欲滴，动物漫山遍野，部落彪悍如虎；谁又能料到，沧海桑田，白云苍狗，这里又变成赤地千里，荒漠万里，而游牧民族的帐篷也在风沙扬砾中摇摇欲坠。对比间，感悟中，人们才明白，无论植物还是动物，甚至人类，无不在严格遵循着天时地利的法则。环境选择生物，生物适应环境，这就是命，仅此而已……

厨师+

引言：苍白的、薄脆的、层层叠叠的蒜衣，紧裹着饱满的蒜瓣，严防死守，抵抗着指甲的掅剥。欲速则不达。倏忽之间，指甲扎破蒜瓣，蒜液浸入指甲缝，刺激着指甲和皮肤结合之处的隙肉。片刻不到，两手滚烫，疼痛从指尖顺着神经钻进心窝。纵使心如火焚，急如铁锅里沸泡翻涌的开水，气如翻滚跳跃的鼓圆水饺，也无济于事。有人一捬袖子，将蒜头摆在菜板上，操刀猛拍。原本金城汤池、铜墙铁壁的蒜瓣，立刻土崩瓦解、四分五裂。这坚定、结实的一击，蒜瓣乖乖脱掉蒜衣，纵有顽固者，也从"紧身衣"妥协为"皮夹克"，稍用手搓，"皮夹克"也分崩离析。几头蒜，20秒不到，全部"剥"完，而且还将下一道工序——拍蒜——并行处理完。谁说，剥蒜非要从"剥"开始？——是语言限制了行动，还是思维禁锢了方法……

送行的饺子，迎接的面。

这是中国人将食物的功用发挥到极致的典范。

送行，图的是热闹，是留的人为走的人举行的告别仪式，临行之际，热闹一场，祝福一路平安。这时，面皮包裹着肉和菜，组合成敦厚的饺子，在肠道里经久长存，能捱住饥饿，一路跟随旅行者漂洋过海，让奔波者的胃里满满当当，心中踏踏实实。

迎接，图的是方便，照顾的是接待者和奔波者，无论何时抵达，准备好的面条，朝锅中一抛，稍顷，半流动状态的面条，让饱受旅程之苦的胃轻松消化，将航空冷餐席卷到胃肠底部，将筋疲力尽横扫到后脑勺。

两种中国食物，一送一迎，照顾了人，也照顾了胃。

再没有一个国家的烹饪能像中国这么独特，更不可能像中国人将如此多的味道和意义装进食物里。

那个时候，路基施工快速推进，一到雨季，当蝼蚁封穴、阴云密布时，人员和机械只能偃旗息鼓。

连明沟都没有的城市排水系统，起不了任何作用。四处流淌的水，能将整个城市漂浮起来。

趁此时机，人们开始一批批集中休假，三五成群地来到驻地整装待发，捱着一个个难眠的孤夜，计算着一个个归程的脚步。

每到这个时候，驻地潮湿的空气中，往日的炊烟袅袅变为炊烟缭绕。从烟筒中吐出的烟带盘旋在驻地上空，逐渐摊薄、消散，如同逐渐消失的记忆。

满屋子的中国人难得聚在一起，分工有序，合作无间，如同他们在现场进行施工生产一样，以中国人最默契的项目管理方式完成一项项作业。

和面的，剁馅的，摁饼的，擀皮的，包馅的，煮水的，剥蒜的……即使固守"君子不近庖厨"者，也在做着总体调度和协调工作，而其中，剁馅和包馅是关键工作，决定这顿饺子何时能够吃到嘴里。

来自同一个国家，又将回到五湖四海的中国人，操着各地口音，包出各有千秋的饺子。

立正的、稍息的、正襟危坐的、躺着晒太阳的，有的长得像馄饨，还有的秉承了"狗不理"包子的做法，讲究褶儿的数量，六褶大顺，八褶大发，四褶和八褶一组合就成了四平八稳……

总之，龙生九子不成龙，各有所好，就如同中国菜，虽然名字相同，但在不同的城市，却被赋予了不同的味道。

如今，这中国菜，跟着中国人的胃和手艺，也来到了非洲。于是，独在异乡为异客的中国人，顺着舌尖的味道摸索，先是摸到了思乡之情，而后摸到亲情之忆……

不同于西装革履的西方人，人们身穿宽松衣服，不仅能在厨艺上大展拳脚，还能让肚圆之后更有空间。

成为厨师，不必局限于"头大脖子粗"的品相，也不必再用"男主外，女主内"的古老说辞来约束性别。

只要想家，想妈妈味道恒久的家常小菜，想逢年过节满桌的丰盛菜肴，想情人节蜡烛下的精致美食……就能以胃为枢纽，将亲情、友情和爱情的线路连接，以最快的速度抵达。

因此，每个中国人都可能是一名厨师，而且有潜力成为一名厨师。

在几乎清一色男性的工地和驻地，大部分人做着一专多能的工作。

举个例子——什么是吊机高手？只有能做出一桌美味佳肴的吊机操作手才是优秀的吊机高手！

没有纯粹的高手，只有兼职的全能战士！

兼职，是每个人必备的技能，是驻地部落的"时尚"。

然而，在这里，厨师不好做，因为"巧厨难为无米之炊"。

沙漠之国，大面积的沙漠将畜牧业逼到了南部的塞内加尔河畔，有限的绿地养育着数量不多的牲畜，除此以外，再无其他。

几千年的环境选择，当地人在饮食上已经适应了肉食，但对于亚洲肠胃，荤素结合才能让人通体舒畅。

在这里，蔬菜和青菜的称呼不能混淆，蔬菜和"青"无关，只能称为"菜"或"蔬菜"，比如土豆、茄子、洋葱。这些适合长期存放、不易腐烂的蔬菜适合远距离运输，几乎全部从邻国进口。

人群里曾经流传着"厨师+"系列高手练成的传闻。

X吊机高手的厨艺来自其婶娘，小时候耳濡目染、潜移默化，自己一琢磨，再一倒腾，才发觉自己的厨艺乃先天禀赋，非但游刃有余，还能青出于蓝，于是这辈子就和厨师挂上了边。

Y平地机高手的厨艺为自学成材。从熬制辣椒油到干烧土豆条，从麻辣豆腐到糖醋排骨；从控制火候，到配置调料，再到刀工练习，就如同他娴熟的平地手艺，本着规行矩步、精益求精的态度，日益精进。

Z试验工的厨艺来自其早年在试验室的启发。在"锅碗瓢盆"扎堆的试验室，将碎石视为滚刀肉，将沙子视为葱姜蒜，烩在铁锅里翻炒，实为练习颠勺的绝佳素材。

而W电焊高手的厨艺则来自其对文火慢炖、明火翻炒的大彻大悟和坦然掌控，与其焊接技艺异曲同工。

……

各路高手，在厨艺道路上越走越远，各显神通，饭菜的味道各有所长，酸辣香甜，让食客和吃货的脂肪细胞如同气球一样无限膨胀，也让减肥者内心无限纠结，一顿饕餮大餐，换来的是数日在减肥之路上的砥砺前行。

在这雨季来临的季节，机械和人只能蓄精养锐。

因为时间充裕，驻地等待回国的人持续增多，每次送别，人们得以轮流执掌大勺，施展厨艺。

那天傍晚，当驻地厨房里炊具丁零当啷，外面大雨稀里哗啦，一个个归心似箭的人在路上却静观车窗之外不断渐远的景色，静默以对。

纵然没有丰富的食材，也难不倒"厨师+"，纵然大雨如注，也挡不住似箭般的归心，纵然公路平坦，也一直保持警惕的安全神经。

听闻120公里以外的一段道路被湍急的水流冲垮、

淹没，驻地越野车立刻载着钢丝绳、防滑钢板和千斤顶去那里接援。

在汪洋一片的道路上，接应的人看到那些即将回国回家的人，如同当地村民一样，将包裹顶在头上，赤脚蹚过那片水路。纵然半截身子在急流中瑟瑟发抖，纵然脚底高低不平，甚至踉踉跄跄，但在硕果般的包裹下面，依然绽放丰收般的笑脸。

Y平地机高手、Z试验工、W电焊工……已经在前几个批次陆续回国了。这次轮到X吊机高手准备送别的饭菜。

此时，雨季即将结束，基层和沥青开始组织施工。

一辆辆拖车，从附近港口载着从伊朗漂来的沥青集装箱，鱼贯驶进驻地院落。

一夜之间，140多个集装箱将半个院子占领，堆积如山。

每个箱子都属有偿使用，每延迟一天归还，就要多支付一笔滞纳金。因此，需要尽快倒运到现场，然后尽快返还。

然而，驻地距离工地达700公里，拖车来回一趟至少需要3天时间。此外，因为基层和沥青都在紧张施工，人员和车辆大都集中在工地一线，驻地仅几个文职人员。

而事实上，吊装属于特种作业，本来人手就缺。顺理成章，这吊装沥青集装箱的工作就落在了X身上。

X分身有术，彼时在厨房里大火翻炒，此时又在吊机上操控有序。

一寸光阴一寸金，节省时间就是节约成本。

雨季尚未消匿，路途上，部分路段还水汪一片，运输时间别说压缩了，能不延长就足以令人欣慰。

看来，这时间的节约，只能在吊装速度上有所期盼了。

然而，老旧的吊机以钢丝绳作为吊具，方向不好固定，因此，吊机在起吊集装箱时，不仅费时费力，还需要很高的技术水平。

对于"厨师+"X来说，这显然不成问题——集装箱随来随吊！一日三餐时间不变！

在那段紧张的时间里，早餐后，刚收拾完食堂，X就要马上准备中午的食材。一听到外面拖车轰鸣声，刚才还坐在菜筐前择菜的X，立刻摇身变成了吊车司机。一旦有一点间歇，又跑回了厨房。

这拖车抵达的时间没有规律，时而中午时而晚上，但X都会及时地坐在吊车驾驶室里。

打游击式的吊装和固定规律的一日三餐，X互相穿插，不仅是厨艺高超的吊机高手，还是时间管理的高手。

在这里，兼职有了两层含义，不仅是多种技艺上要"兼有"，还要在有限的时间里能"兼做"。

还没有等到下个雨季开始，沥青路就已经顺利完工验收。

年末的时候，人们又齐聚一堂，欢度春节。

那天夜晚，孤独的夜风百无聊赖地来回吹着这几幢中国人的平房，即使风声如唳，也显得冷清如画。但在屋内，喜庆而热烈的气氛在努力化解着屋外的寂寞。

欢歌笑语和吉祥如意从屋内传出去，飘荡在异国的夜空中。在同一片天、同一轮月之下，在同一种心情、同一个春节之中，人们在饭桌之前畅忆往事，隔山望海祝福平安……

西非记事：理发师

> 引言：经历"放血"被视为"万能疗法"的中世纪之后，因为
> 专业分工的逐渐细化，本来合作经营、分工明确的外科医生和理发
> 师开始分道扬镳。然而，竖立在合营店门前的经典三色柱却成为他
> 们争抢的家当。外科医生认为，由三条色带缠绕的圆柱，昼夜旋
> 转，如同人体流动的血液，经久不息——红色代表动脉，蓝色代表
> 静脉，白色代表止血用的纱布；而理发师坚称，这旋转的三色柱，
> 如同随风飘起的发丝，流畅洒脱——红色代表热烈的青年，蓝色代
> 表平静的中年，白色代表祥和的晚年……最主要的是，门口流动着
> 两管鲜血，只会让患者心惊胆战、望而却步。最终，宛若游龙、动
> 感十足的三色柱成了洗剪吹的标志，日夜不停地转动，招揽着络绎
> 不绝的顾客……

在西非毛里塔尼亚，曾经有一段时间，因为欧元贬值，导致蔬
菜和肉制品大幅涨价。于是，以此为食的理发师人工成本也开始居
高不下，进而使得理发的价格又高又贵。

这是最好的时代，因为头"高贵"了；也是最坏的时代，因为
钱"低贱"了。

对于当地人来说，似乎没有发型一说，充其量只有无发、短

发、长发之三说，而其中，长发只能说成是在"待剪"序列。

从人类在地球上分布的区域来说，风沙的多少，与头发长短是成反比的。加勒比海的牙买加植被茂盛，风沙绝迹，鲍勃·马里的散乱长发就如同雷鬼音乐一样放荡不羁；而在这里，满大街的男人，只有两种，戴帽子的和不戴帽子的，不戴帽子的，也只有两种头型，光头的和长了头发的。

这里不可能诞生类似维达·沙宣一样大师级理发师，也不可能催生打理"头顶大事"的理发师行业，这里注定将在人类的时尚历史上缺失一笔。

面对满大街的"人工小太阳"，理发师也只能叹息一声——名副其实的"不毛之地"，遂转身离开。

如果依头颅形状剪剃，那服务于他们的理发店简直就没有存在的必要，对于要求不高的当地普通人来说，自己、家人、朋友就完全可以胜任理发师的角色。

因此，大街上寥寥无几的理发店，服务对象基本上都是外国人。

如果理发师和被理发者来自两个国家，这单跨国理发生意的失败概率极大。因为理发是一门个性化的服务，毫无标准可言，理发师天马行空的发挥需要以被理发者的需求和审美为边际，超过了这个边际，代价就是再无回头客，最后只能落个门可罗雀的结局。

然而，这"毫无标准"至少也得有个限度，起码也得粗分为"中国标准"和"非中国标准"之说，或"亚洲标准"和"欧美标准"之论。

对于中国人，似乎更愿意去同胞经营的理发店，无论是理发过程中的无障碍谈古论今，还是理发师对于中国发质和中国头型的精准把控，抑或是双方出于对"中国标准"的适应和默契，都可以成为双方互相选择的理由。

人体能在后天被重塑的地方少之又少，此处不用"中国标准"，更待何处用?!

且不论韩国式整容，轻者磨腮削骨，甚至敲碎骨骼，再铆钉重组。这种形成永久破坏的重塑，不是"身体发肤受之父母"的中国人所能普遍接受的，且不为世界上大部分人认可。

然而，指甲、头发这些无痛觉、可再生的部位，却可以成为人们发挥创造力的"舞台"。

在这方寸之地，人们可以向外部世界彰显个性，也可以隐藏个性。

农村杀马特式头型，将受制于经济落后、拼命挣脱束缚的热血青年刻画得入木三分。缤纷的五颜六色，渲染着生命中的七情六欲。

经典的平头，朴素无华、不屈不挠，在训练有素的部队中形成统一标准。在那里，不需要个性，需要的是整齐划一的纪律。

前卫的男艺术家，用不屑与普通人苟同的长发飘飘标榜着自己的职业。

……

自孩提时，对于理发，极少人有愉快记忆。

彼时，孩童在理发师铁钳般的大手控制下，脸蛋憋红，痛苦扭曲。冰凉的剃刀如同黑色的、贴着头皮来回游动的"清道夫"，而小孩则哭成了一个游泳池。

为防止孩童挣扎，理发师除了强行固定其脑袋外，别无他法。年幼无知的孩童，对在脑门上来回游动的、发出怪叫的黑色机器莫名恐惧；而且一旦碎落的断发挠痒扎疼稚嫩的脸耳和脖颈，都可能让孩童摇头摆脑。这脑袋一晃动，搞不好这理发就成了薅发了。于是，孩童越不舒服越想摇头，理发师就越发使劲控制，遂形成不断加剧的恶性循环，甚至以暴制暴。

最后，理发师的大力控制和孩童的卖力哭闹形成巅峰对决。理发师只能心一横——不舒服也罢，哭闹也好，长痛不如短痛，不如你哭个稀里哗啦，我理他个畅快淋漓。

于是，几乎每个人，这最初的理发，就在记忆的深处埋藏着每隔一个月的周期性痛楚，只是，这种痛楚在逐渐递减。

成长，伴随着逐渐钝化的痛楚，却也让人逐渐学会了控制和欣赏。而对于理发师来说，这理发技艺的精进，则伴随着熟练曲线登峰造极。

这毫无标准规范约束的理发，只能凭借个人的感觉和经验行事。除此之外，颇为重要的是，理发师还要对未来头发的长势形成预判。

初学理发者，手法稚嫩，无法将剃刀悬空操作，总是如同"清道夫"一样寻找"池壁"。于是，剃刀依着脑袋的轮廓来剃，认真小心，左摆右看，修修剪剪，不满意的地方再一点点补刀，左面短了就剃右面，右面短了就剃左面。于是，左右左右，左左右右，这头发是越理越少，越少越理……最后，即使不成"劳改犯"，即使乍看起来有模有样，但等头发长长了，要么长成"金字塔"头型，在测量身高时占尽便宜；要么毫无形状可言，即使无风也凌乱如麻。

本来，从衣服里能露出身体的部位就不多，而能在后天塑造的更是少之又少。这头发可谓"近水楼台先得月"，不仅是视线的焦点，而且可塑性极强，所以，这点地方，得往好了整，还得好好整，才能整好了。

人们选择理发店趋于固定，这也是得益于理发的无标准化操作。

比如，对于发质硬者，不同的理发师会各执一词。A理发师建议：发质硬，鬓角应该留短一些，等头发长了，可以避免脑袋像绽放的黑色棉花；而B理发师可能认为：发质硬，就应该将鬓角留长一些，等头发长了，不容易翘起来。双方各执己见、有理有据。

理发师的建议可以龙飞凤舞、五花八门，但脑袋只有一个，一次理发不成功就不成"人"了。

在哪儿理发是小事，但形象是大事，尤其在异国他乡。从狭义上来说，不仅代表理发师的技术，更代表自身的品位；从广义上来说，就广了……

因此，为了防止形象出其不意，人们逐渐将理发之所固定下来，进而将理发师也固定了下来，以求得形象的固定，而非千变万化，让人眼花缭乱。

无论雨季，还是旱季，努瓦克肖特要么闷热，要么干热。层积的沙地毫无养分，甚至难以供养一季韭菜。

因为温度高，代谢快，头发长势凶猛异常，超过一个月不理发，头发就能遮额蔽眼，不免让人抚头叹息——这韭菜要是能像头发长这么快，就能常年吃上韭菜馅儿的饺子喽。

天一热，日一晒，汗一浸，发质变软，于是，头发像黑色的瀑布一样倾泻而下，流到耳郭上，又痒又热；又如同热天戴厚棉帽般膈应，又捂又闷。

一天下来，泛着油花的头发会以热流为鼓风机，再以枕头为模具，被铸造成各种奇形怪状的坚韧铸件。

这里中国人并不多，理发店的生意注定不温不火。大多数理发师都是兼职经营理发店，所以，理发师通常都不在店里坐班。

若要理发，需要提前预约，否则可能白跑一趟。

即使你亲眼看到店里有人，并且他热情地告诉你："理发师不在，兄弟你要信得过我，我就敢给你理……"人们连退三步，更坚定了让理发师来理的决心，但只能等。

于是，这一等，又戴了一周越来越厚的黑棉帽。

眼看天气越来越热，干热的风夹杂着细沙，从头发缝里穿过。风过去了，沙子却留了下来。出去转一圈，头发俘获了半斤重的细沙，堪称吸沙神器。

　　后来，人们决定自力更生，就在身边的人里挑选业余选手，搭伙互理。

　　在这里，理发不仅是一种劳动，是一种交流，更是老中青难得的互动和沟通的绝佳之机。

　　年轻人对理发基本外包，也只有上了岁数的人可以操剪。于是，断发飞舞之间，谈笑风生之中，是理解、互信、尊敬，以及打破代沟的"咔嚓"声。

　　偶尔，人群里还能出来个"剪刀手爱德华"，将一批批人打理得出乎意料、玉树临风。

　　那日，开剪之前，操剪者问："什么头型？""随便，只要不是头的型就行！"说话间，剪刀已在人头上流畅游动，左游一会儿，右动几下，中间一抹，摆正，花剪之后剃推，粗剃之后精剃，而后刀刮，然后观察形状是否规则，再一阵收拾，击掌交工。好！酷头出炉……

未知旅程

> 引言：在认知领域里，人类不畏将来，砥砺前行。创世之初，一切从零开始，然后逐渐有了已知，以及已知与未知的分界线，接着再向未知探索。于是，人类对世界的认知遂可划分为：已知的已知；已知的未知；未知的未知。已知的已知——人们有成熟的经验和机制来处理，循规蹈矩、按部就班即可；已知的未知——虽是未知，但人们已经认识到了风险，开始用概率分析来科学应对，事前编制预案，事中随机应变，事后总结分析；而对于未知的未知，人们只能认倒祖宗八辈的邪霉或庆祝歪打正着的幸运。然而，已知是有限的，而未知才是无限的……

有着正常进程的事件，因为正常甚至被奉为金科玉律，以至于人们将它们尘封在意识的最深处，永不触及。

如同无意识的吃饭，无意识的驾车，没有人费心记得其中一筷子夹住的是两块肥瘦相间的五花肉，也不会劳神记住在拐角处几汪满覆蚊虫的烂泥水。

归根结底，理所当然的事情不再也没有必要占据大脑的处理内存，这是进化论推演出的"天经地义"，也是学习论解释的"毋庸置疑"。因为人活着，还有更多、更大、更急的事要做，就得不断将复杂变成简单，也有必要将熟练技能推入潜意识。

久而久之，直到有一天，"理所当然"变成了"岂有此理"……

那是9月的一天，事多人忙。一件件事情，如同非洲干旱草原上，站在晾衣绳上等水喝的群鸟，大大小小，密密麻麻，排在如同时间轴一样紧绷的细绳上，叽叽喳喳，嘟嘟囔囔。

坚持"要事第一"的4个年轻人，踩着时间点，行色匆匆地钻进努瓦克肖特国际机场的褊狭候机厅。

广播里，法语、阿拉伯语和英语一遍遍地提醒乘客准备登机。这广播的频次能与国际大型航站楼出发厅里的广播次数相媲美，而这候机楼的空间和装饰却至少又落后那样的航站楼半个世纪。

人们无须费耳聆听，只需扫视四周，几块孤零零的显示屏上的两三行航班信息便暴露无遗。

此行的目的地是莫桑比克的马普托。

机票在这个时节是意料之中地难买，票务代理老穆花了一上午时间，竟没有找到一条最合适的航线。

曾经在中国留学数年的老穆，具备汉语的听、说、读、写能力，服务对象以中国客户为主。

一嘴花白胡子，在提醒人们，那留学时光已距今多年；一双锐利的眼神，透过黑边框眼镜的镜面，折射出效率、信任和理解。

与老穆合作多年，人们对他和他做的事深信不疑。

老穆绞尽脑汁组合的N种方案，各有利弊，要么旅程长，要么候机时间长，要么时点差，要么中转战乱国家。

在老穆办公室干坐几个
钟头，看倦了老穆无奈地耸
肩后，4人决定选择一条中
转虽多但时间差强人意的
航线。

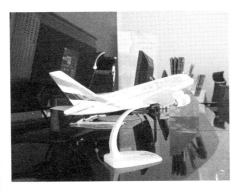

这条航线由4个航班组
成，从头到尾串联5个国
家，中间要在3个非洲国家转机，从西非到东非再到南非最后到东
南非。

飞机从西非的毛里塔尼亚一路辗转到东南非的莫桑比克，期
间，要在塞内加尔的达喀尔转机，然后飞抵肯尼亚的内罗毕转机，
接着到南非的约翰内斯堡转机，最后抵达目的地。

地图上，这条航线犹如经济分析表中的一条波折线，从西到东
再到南；又如同创世者以非洲地图为台球桌，以飞机为桌球，击打
桌球，左冲右撞，最后进洞。

航程中转次数多，机票昂贵，但好在时间基本合理紧凑。

穿行非洲多年的4人，在临行前，充分打扫意识的角落，做了
事无巨细的全面准备。兑换小面额美元，除了办理落地签以外，还
可以备不时之需；捎带部分熟食中餐，以应付凉彻心底的西餐；携
带卫星电话，防备中途的突发事件；接种疫苗，更新黄皮书，以保
持对黄热和霍乱的免疫。

本来计划11点起飞，屏幕在眨了个狡黠的眼神后，航班就硬
生生地推迟了。

这种事情，在这里的每个人得习惯，并且也都习惯了。

等，是常态；一直等，是新常态。

12点钟，没来得及吃早餐的人迅速将包裹中的食物转移到了肚子里。

13点钟，前序航班飞机降落的声音振聋发聩，4人通知送机人员可以返回，——至少，今天能飞成。

14点钟，4人钻入一架座位20排、一排6座的小型飞机机舱。

这架飞机外观紧凑俊俏，而里面却千疮百孔。破败不堪的座位让人们想起很多年前在绿皮火车中的烦躁场景，只是如今不同的是，这机身即将驶入空中——可千万不能抛锚。

小飞机就是利索，小机场就是快捷，人们刚刚坐定，还没来得及捆上安全带，飞机就跟跄地冲向跑道。

当飞机刚拐到跑道上，机尾还没有收正，飞机就长嘶着加速。轰轰隆隆的声音塞满了耳朵，越来越强烈。

人们看到机翼在无形的气流中不停地抖动，心里陡然升起一种不安。这种不安犹如紧绷在生和死之间的一条线，记住！只一条！像蹦极的人在加速下落时，心中默念那系在另一端的绳结，可千万别……

飞机小巧玲珑，起飞拉升极快。

人们的身体在失重中拼命坚持镇定，幻想美妙、安静的蓝天白云下，成群的牛羊亲吻青草绿叶。

当飞机升入高空后，"铛铛"两声后，空姐空哥开始来回走动。

机舱和驾驶室仅用一块皱皱巴巴的布帘子隔开，人们幻想着——机长潇洒地边抽烟边喝咖啡边开飞机。想到这里，人们的心伴随着飞机开始一起抖动。

隔着窗户朝下望，人们才发现，努瓦克肖特的市区原来是如此规整。

一栋栋小房子如同蒸笼里均匀排列的玉米面花卷，热气腾腾，香飘四溢。一条条四通八达的黑色沥青路，如同钝刀切割的痕迹，纵横交错，百转千回。

在这之前，人们一直认为市区的道路凌乱无章，却没有想到，从高空俯瞰，忽略细节，城市是如此的井然有序。

当飞机再升高至一万米，各国城市的差距只能表现在夜晚的灯光上；继续升高，高到地球只是一粒尘埃，所有的城市就相等了。

当视角大了，视野广了，就大同了。

50分钟的旅程，除了饮料外，没有餐食供应。

空姐空哥推着铁皮小车，从第一排开始服务。琳琅满目的风味饮料丁零当啷地互相撞击、恐高颤抖。

一轮饮料供应之后，飞行高度开始降低。

透过窗户朝外望，人们看到的是下面的辽阔海面。

这个航班的终点是塞内加尔的首都——达喀尔。

为了飞行安全，飞机宁愿多耗油，也要尽量在大海的上空飞行，一方面是考虑陆地上人的安全；另一方面就是飞机乘客的安全——在海面上坠落，生存的机会更大。

深蓝的海面上，一群泛起白色浪花的动物，猜测一定是海豚之类的海洋动物。偶尔有更大的单行者，翻身鱼跃，应该是鲸鱼。

飞机的高度越来越低，映入人们眼帘的，有游艇，接着是海滩，再接着是人居，最后，飞机滑在了跑道上，机翼上的一排铁片立起来辅助减速。

因为4人持有的机票并非联程票，所以要重新办理登机牌。

4人电话联系了对当地熟悉的代理。代理将4人领入一个狭窄通道，让4人等候。

有人说，这已经属于非法"越境"了，就发生在大家转过一个走道的瞬间——只是大家浑然不觉。

这玩笑竟如同伏笔，麻烦很快就接踵而至。

在苦等2个小时的过程中，4人就着啤酒，陆续将熟食转移到了胃肠中。

酒足饭饱之后，代理过来告诉4人，因为4人没有南非的转境签证，海关不予放行。

第一次听说，经过别国机场还需要转境签证。4人立刻懵了。一开始，4人以为是海关想借此敲诈，但事实并非如此。随即，4人的护照也被扣留。

4人电话联系目的地的接机人员，对方说，即使没有转境签证，在南非其实还是可以通关的。接着4人联系国内——此时国内还是夜晚，帮不上什么忙；又联系南非大使馆——假日无人上班。

经过一番折腾，电话费也耗尽了，而卫星电话需要在露天才能使用。

4人有些茫然无助，眼看飞机起飞的时间就要到了。

4人决定闯一闯，也不枉此行。大不了，再遣送回毛塔，反正机票都已经买了。然而，达喀尔海关坚持不放行，这让4人极为头疼。

看来，去南非是否需要转境签证的问题已经转化为达喀尔海关能否放行的问题，达喀尔海关还真是要负责到底。

其实，因为3个航班不属于同一家航空公司，都需要办理登机牌，所以，即使达喀尔海关放行，肯尼亚的内罗毕海关能否放行，也存在不确定性。

在机场过夜可是惨不忍睹，现在最好的行动就是再折回努瓦克肖特，并及时取消下序航班，尽量挽回部分损失。

于是，在代理和4人的努力下，海关归还了护照。

所幸，15分钟后，有一架飞往努瓦克肖特的飞机。

赶巧，这架飞机就是4人来达喀尔乘坐的那架飞机，而4人的座位号竟也没有变，仿佛是天意预知4人可能折返，故意为4人预留的。

空乘纳闷地望着4人——这来和回的时间间隔，可能连出机场的机会都没有，4人究竟要干什么……

4人半开玩笑地告诉他，因为毛里塔尼亚禁酒，所以4人就带着熟食专程乘机来达喀尔机场喝了4瓶啤酒。

空乘感到不可思议，为了感谢4人对航空公司的支持，遂热情招待4人，足量供应食品和饮料。

福无双至，祸不单行。在努瓦克肖特机场，黄昏将至，海关人员将4人其中一人的签证日期看错了，硬说签证到期，属于非法入境。

4人已经被折腾得气力透支，所幸误解终被化解，4人得以抽身回到驻地，几碗面条下肚后，一个热水澡，将一天的荒唐和烦恼冲掉……

这"未知旅程"堪称"认知旅程"，之后，除了此事以外，更多的事件从"未知的未知"变成了"已知的未知"，再后来，就变成"已知的已知"……

西非记事：黑木雕

　　引言：几乎在每个非洲国家的大城市里，都会在老街区有一处低调的手工艺品市场，几乎每处老旧的手工艺品市场，都会有质朴含蓄的黑木雕身影。动物、面具、瓢盆、器皿，摆设的和实用的，大如人，小如匙，林林总总地悬挂在一个个格子式的商铺里。在这些简陋的店铺后面，是更为简陋的作坊，里面工具原始，但热火朝天，一个个灰头土脸的工匠用斧子、锯子和刀子，将黑色的木头锯断、砍开、削剥，这些称不上巧夺天工的黑木雕，在风一般的岁月里承载着部落文化……

　　两名衣衫褴褛的年轻人，拉开马步，立在一段浑圆的黑木两边，来回拉拽被磨得雪亮的钢锯。

　　熟练的动作，专注的力量，默契的配合，说明他们的合作已有时日。

　　如白鲨牙齿般锋利锯齿的锯片，早已深陷在黑木中。

　　从锯缝里飘出的黑色锯末，灼热、纤细。

　　这逐渐升起的灼热，让这处手工艺品市场的温度升高，也在空气中弥漫起醇厚的木香；这缓慢飘荡的纤细，闯入夕照里，让光形如柱，附在汗浸的肩背上，让发达的肌肉棱角鲜明。

在这热情如火的时间里，光怪陆离的空间里，钢筋铁骨的柔情里，一件件黑木雕完美涅槃。

彼时，人们不慎误入马里巴马科的手工艺品市场，这里比肩叠迹、人声鼎沸，摊贩的叫嚷声、疯狂的砍价声、黑木雕刻的击打声，填塞在这条略显狭窄的街道上，此起彼伏。

因为空间狭窄，甚至黑木加工区和销售区不分，人们得以观看整个黑木雕生产过程。

从最初的手动拉锯，到斧劈、锤凿、刀锉、精雕，再到最后的砂纸打磨，颜料上色，手工开始，手工结束。

当人们看到两个身强力壮的年轻人耗时两个钟头也没有将一根直径20厘米的黑原木锯断时，吃惊于黑木的硬度，感叹于加工的难度。

一件黑木雕制品，得耗费多日的劳动才能完成。即使人工费再低，相对于当地人来说，这黑木雕的价格也不可能太低。然而，对于当地人来说，对"实用"的渴望远高于其他需求。因此，来自外部世界成本低廉的工业品逐渐将黑木雕的实用性击垮。

于是，现在的黑木，多数以艺术品的角色售卖给富人和外国人，而实用性的锅碗瓢盆则越来越少。

人们因为空间狭窄而不得不把黑木雕的加工区毫无遮掩地暴露于外，而这种即时制作黑木雕场景的呈现，却能激起富人的恻隐心和外国人的好奇心。

性情温顺的大象仰天长啸，线条柔和，饱满敦厚；抽象了的河马，整个身体如同两个一大一小结合在一起的黑球，小球为头，竖起一双小耳，大球为肚，生出 4 条粗短的腿，整个画面妙趣横生，滑稽无比。

而对于在这片土地上没有出现的动物，雕工只能凭借想象力下刀，完全是另一番景象。大马立盹行眠，缺少奔腾骏马的神采飞扬和姿态优美的表现；老虎无精打采，欠缺对深山猛虎的张牙舞爪和不怒自威的呈现。

……

曾几何时，这黑木雕，让每个初来毛里塔尼亚的人欣喜若狂，还未见到它时，脑海中就开始浮动原始风貌：悬挂在部落草屋的非洲图腾，高高在上；热情奔放的土著身涂彩纹，在篝火旁跳舞，激起的尘沙与火焰混为一色；被狼吼打断的静寂，吓得星躲云藏。

人们对深藏于当地的异域文化抱有一探究竟的好奇心，而对于文明时代的高楼大厦和人工制造早已习惯生茧。于是，在猎奇心理的驱使下，黑木雕散发着独有的魅力。这种魅力，无须精致对称和金头银面去衬托，越自然，越原始，越接近古老传统文化的核心。在这幽远的核心深处，黑木雕与神秘融为一体。

这种产于非洲大地的黑木，出自原始森林，生长周期缓慢，是世界上最稀有、最昂贵的木材之一，由于其横截面和纵切面都展现出美丽流畅的纹理，因此是雕刻的上好原料。

彼时，岁月的层积，如同秋季的落叶，片片飘落，层叠在肥沃的林地上，缓慢腐烂，安静地供养树根。热带雨林，雨水充裕，泡在雨水中长大的树木，根系尽情吮吸，树干木质也疏松多汁。

在这样的环境里，树可以一年不停地卯劲长，于是，厚实的年轮包裹着时间轴，一路向上；然而，唯独黑木另辟蹊径，不求高大，而求敦实，于是，多年来，形成了这些质地密实、坚硬如铁的黑木。

质地坚硬的黑木还有俗称——铁木，和其他木材不同的是，一是它的颜色，乌黑发亮；二是它的密度，放水即沉。

在毛里塔尼亚、塞内加尔和马里，甚至整个西非地区，都有这种黑木的交易市场，作为当地手工业者的生计之一。据说，虽然这几个国家产黑木，但数量不多，特别是那种连续致密又特别均匀的黑木更是少之又少。

黑木树不成林，每片树林中只有几棵，其外表通常和普通树木无异，只有凿开之后，才能发现里面的黑木。这种"心黑"的低调，不仅让黑木避免因光照而晒伤，还如同原始森林的游击队一样，避免了人们恣意砍伐。

物以稀为贵，即使雕刻技艺一般，但因为木质珍贵，黑木雕也会有广阔的市场。

多年前，黑木雕曾经和象牙雕并行于非洲手工艺品市场，它们黑白对比，相邻而卧，自由交易。

那时候，象牙还不如黑木实用，至少黑木可以雕出锅碗瓢盆，而象牙则只能雕刻首饰摆件，对于讲究实用、物质匮乏的非洲，象牙生意自然也不温不火。

当各国开始陆续禁止象牙交易时，牙雕生意骤然火爆。事实也如此，不完全的禁止，其实是在制造牙雕的稀缺性，进而使其变得价格高企，店铺生意红火。

随着加入动物保护的国家越来越多，象牙制品逐渐被各国所排斥，于是象牙市场在一些国家开始销声匿迹。

在高额利润的驱使下，偶有贩夫拎箱行走在市场深处，也如惊弓之鸟，尤其遇到"多管闲事"的欧美人，闻声吓得收起箱子逃之夭夭。

于是，这手工艺品市场逐渐变成了以黑木雕、铜雕为主的交易地。

在塞内加尔的黑木市场，各种黑木制品堆积，面具、动物、人物等，应有尽有。

黑木雕店铺紧紧相挨，挤得街道狭窄。

一看到外国人，店主如发了疯一般热情，紧拉客人的手，朝自己店里拖曳。如果别的店主过来抢客，双方就会发生争执，于是分左右拉扯顾客，简直是给人上了酷刑一样。当店主看到中国人，脱口而出汉语"黑木"二字，可见中国人绝对是当地的一大客户群，而欧洲人，似乎对黑木兴趣不大，更对银器、铜雕有兴致。

整个场面，几乎能把首来此地的人吓得六神无主。

店主们稀里哗啦地将中、法、英语揉捏在一起，嘴里唾液横飞，表情眉飞色舞。

有人说，最好的拒绝方式，就是装聋作哑。对方打招呼，装听不见；对方挥手，装看不见；对方询问，也不说话。这总结出的应对方式，如同"三不猴"一般——捂耳不听，蒙眼不看，遮嘴不说。一旦你听了、看了、说了，就会激发店主对你的"兴趣"，接下来就会对你进行狂轰滥炸般的推销。

当地土著朋友热情地给人们总结黑木雕选购攻略。

首先，要掂量这黑木雕的分量。相同体积的黑木，要明显比普通木头重。重量偏轻的，可能是黑木不纯，或者根本就不是黑木。然后可以从截面观察纹路，以及染料漏覆之处，来判断黑木的真假。也可以反复搓擦，看黑色是否染手。当然，即使真正的黑木，工匠也会涂以炭质涂料，让黑木雕看起来乌黑锃亮。最粗制滥造的做法，就是用普通的硬木雕刻，然后涂以鞋油，充当黑木雕销售。

其次，这黑木雕，尾巴长的、耳朵大的、鼻子长的，很有可能是粘贴上去的。黑木生长周期长，15厘米直径的黑木，都需要上百年，因此，工匠不会为了尾巴、耳朵、鼻子而牺牲一大块黑木。当然，也有良工巧匠，充分利用树杈，但这样的巧匠毕竟是少数。因此，要仔细检查尾巴、耳朵和鼻子与身体的连接处。做工粗糙的，立判可见；做工精致的，需要独具慧眼。否则，入手的大象，在经过一路颠簸后，鼻子一掉，就成猪了。

最后，这黑木雕，大多数店主都会漫天要价，尤其是遇到外国人，更是张口就来。因此，在挑选黑木雕的过程中，要能下狠心砍价，以店主报价的1/10回价，一阵对砍之后，通常成交价基本上是报价的1/3~1/2。

即使以上"导购攻略"能够屡试不爽，但当和一个个有血有肉的人打交道时，却又会受到诸多的牵绊。

倘若购得黑木不纯的雕刻品，却因为是一次难忘的非洲之行，也会显得意义非凡，这时候，谁还会在意黑木的真假，不仅如此，还会衍生出一次更加难忘的记忆；即使入手一只从大象变成大猪的木雕，虽然会有天使坠落的遗憾，却可以将大象和大猪镌刻在旅行与记忆的图谱上，值得百般回味；纵然能够从店主手里以最低价格购得黑木雕，但看到衣衫褴褛、卷裤赤脚、灰头土脸的工匠，又怎能心安理得？这时，可能会突然在店主的瞠目结舌下，果断给对方加钱。

一段黑木雕的选购过程，是人与人之间情感的碰撞，里面有针锋相对，也有温暖情谊，还有深刻记忆；一个个黑木雕，已经超越其自身价值，无论真假，无论贵贱，只因承载时间赋予的印象而不同凡响……

这些黑木雕，固然无法与中国能工巧匠的作品相提并论，但每件黑木雕，都浓缩着这片土地的文化，以及雕刻艺人赋予的精神，单靠这一点，就无法对比。犹如出土的几万年前的原始雕刻，它们线条粗放，抽象化的身体，毫无真实可言，但得益于岁月的沉积，以及它所代表的那个原始的朦胧状态，单凭这一点，就足以秒杀任何"栩栩如生"的艺术品……

西非记事：外国硬币

引言：这些形状各异、题材众多、千姿百态的硬币，将非洲丰富充裕的自然资源、种类繁多的动物植物和古老悠久的历史文化以凹凸有致的浮雕形式展现于世，构成了以动物、植物、人物为主流，以民族文化特色、殖民统治色彩为特点的复杂风格。这些精彩呈现的主题，在穷人和乞者手里被紧紧攥握，留下深深印痕；这些金属打造的铸币，坠落在每一寸土地上，都会掷地有声，铿锵有力。一枚枚硬币，在人类活动的每个角落里，既有金钱的功用，也不乏艺术的品位，它们用声音、形状、图案和重量将金钱的通俗与艺术的高雅完美融合……

毛里塔尼亚，努瓦克肖特城区。

建筑、雕塑、街道，将阿拉伯文化和非洲文化的属性融为一体。

一条安静街道上，午后阳光直照，刺得人们不敢逆光睁眼；偶有从外吹入的沙尘，风停沙留。

奔驰而过的汽车，将沙尘卷起，抛到路肩。于是，路面黝黑发亮，路肩沙黄反光。

沙黄的路肩后，慵懒的店主不得不起身，蹒跚着将吹入店门的尘沙扫出。

多年来，沙尘积多，继而灌沙入室，却从未将这些古老的店铺填平。

店铺门口，摆放着一件件有着浓郁阿拉伯文化色彩的器皿桌椅。

器皿精致，曲线优美；桌椅奢华，镂花满覆。

这世界，不乏精致；这世间，更不缺奢华。

人们已将目光停留在一只大破铁碗上，这变了形的铁碗豁牙漏齿，浓锈发绿的低调外表，不知藏有何物的神秘，反而让它在精致和奢华中更能夺人眼目。

狡黠的黑人店主早已察觉人们的眼色，起身抓起破铁碗，将其中的物品倾倒而出。

一堆形状各异、锈迹斑驳的硬币散落在玻璃柜台上，发出清脆的金属声。

这些规则的形状，瞬间将人们吸引。

在一枚小小的崭新硬币上，一串数字引人侧目。

1428，排列成弧形的阿拉伯数字，与另半弧阿拉伯文字，将一个大大的阿拉伯数字"1"包围起来；另一面有一个茶壶图案，下面有一行阿拉伯文字。

显然，这有着规则形状和精致图案的硬币是用工业时代的机器和模具铸造而成的。

然而，即使人们大胆猜测"1428"应该是年份，但细想——又不太可能有那么早的机制铸币出现，难道是历史的遗漏，抑或是遗漏的历史？

公元1428年，明朝还是宣德三年，欧洲还处于中世纪的"酒窖的黑暗"中，这怎么可能?!

在人们瞠目结舌的不可思议中，店主居然又翻出3枚与1428年年份临近的硬币。

一阵拉锯战后，人们买回了那枚标有"1428"的硬币。

回去后，才知道：这上面的数字确实是年份，但不是人们所理解的公历年份，而是伊斯兰历年份。伊斯兰历又称希吉来历，按照对应关系，伊斯兰历的1428年正好对应着公历的2007年，也就是几年前!

这其实是一枚沙特阿拉伯的硬币，尚在流通之中，其价值充其量等于其面值。

人们第二次路过那一排老旧店铺时，还没下车，几个身穿长袍的白摩尔人早已闻声包围上来。

他们捏着一摞摞硬币，时而在人们面前摇晃，时而在两只手里倒来倒去，发出清脆的金属撞击声。

这些硬币，近代的、现代的，单色币、双色币、纪念币、流通币、镍币、铜币、银币、不锈钢币、法国法郎、英国便士、西班牙比塞塔、荷兰盾、美国角分，种类应有尽有，品相参差不齐。

为了证明个别银币的含银量，有的人拇指和食指掐住硬币中央，弹币听音；有的人直接拿来微型电子秤，声称仅按银价出售；还有人拿出雪亮的"法国大力神"银币，品相完美，但要价奇高。

这些白摩尔人的祖先，曾经生活在阿拉伯半岛。彼时，阿拉伯半岛土地贫瘠，但却是东西方贸易的要道，于是，多数阿拉伯人只能专注于经商。

因此，在交易规则上，这些人显然要比亚洲人更精于此道。

在非洲，由于计量规则和通货膨胀等因素，一般钱币面额巨大，标有500、1000的硬币，实际上可能只折合几元人民币。

于是，当有人拿出面值超大的硬币，也未能激起人们丝毫兴趣，更何况，这些外国硬币，其实在国内只能按它本身的金属材质价值计价。

……

几天后，一次偶然的交往，人们认识了一名在外资银行工作的利比亚人，闲谈之余，他居然有收集各国硬币的爱好。

聊天中，人们慷慨解囊，将兜中的硬币悉数免费赠予他，并顺带介绍1元硬币上菊花、5角硬币上梅花和1角硬币上兰花的来历及意义。

利比亚人如同发现新大陆一般，爱不释手，点头称赞。

利比亚人在外资银行工作，经常在平时到附近几个非洲国家出差，有时也会在假期到其他国家旅游。每到一个国家，他都会无目的和有目的地收集一些当地硬币，既能作为货币当小费，余下的还可以作为纪念。

多年来，这已经成了他的一种习惯性爱好，同时，也是他了解各国风土人情和历史文化的切入点。

每次回国，他都会将剩余的硬币扔到塑料罐里，等到闲来无事之时，再分门别类，不明之处，或向友人请教，或在网上搜索，日积月累，竟也学到了不少文化知识。

他说，硬币虽小，但它反映了一个国家的人文地理和历史文化，上面的不同图案都代表着不同的意义。

作为一个主权国家，将民族的信仰、国家的诞生、历史的沧桑浓缩在枚枚硬币之上，在流通之中，无疑也在塑造着国家的形象和民族的认同。如果硬币有幸流入外国人手里，也会在不经意中做了对外宣传。

利比亚人还说，非洲国家曾经多是欧洲列强的殖民地，因此，能够在非洲土地上收集到丰富的欧洲硬币，要知道，在已经流通欧元的欧洲土地上，很难再找到比塞塔、马克、荷兰盾、法国法郎、瑞士法郎等这样的古董了。

第二次见到他时，他刚从马里回来，行李还没有放回住所，便索性用一只塑料口袋将淘回的硬币向人们一一展览。

利比亚人也向人们描述了一个迷惑不解的现象——马里那边的硬币价格都被锁定在了一个特定的价位，仿佛约定俗成一般，众人也已视为价格标准，并严格遵守。那些出售硬币的人告诉他，这价格是从毛里塔尼亚这边传过去的，说有中国人专门按此价位收购。

人们猛然想起前几天与黑人店主砍价的过程，想不到，这无意的一次定价，却产生了"蝴蝶效应"，让马里那边，以至于后来人们将要去的科特迪瓦，甚至整个西非地区的硬币价格都相同了。

说话间，利比亚人拿出一枚"袁大头"银元，说这是在马里巴马科的一处手工艺品市场寻摸到的。

这枚看似材质为银的齿边硬币，正面是袁世凯身着大元帅服，头戴鹭羽高缨冠，胸前佩戴大勋章；背面中央为一条张牙舞爪的双翼飞龙，上镌"中华帝国"4字，下镌"洪宪纪元"4字。

最令人困惑的是，这硬币正面还有"L.GIORGI"签字样，这是什么来头的"中西合璧"？

懂的人说，这是1916年的"袁像飞龙"银元，由意大利雕版师鲁尔智·乔治雕模，天津造币厂铸造。而签字版银币为试铸样币，铸工精美，存世稀少，极为罕见。

人们万万没想到，能在这异国他乡邂逅20世纪初的中国硬币。

人们猜测，这或许和当初八国联军侵华有关。彼时，法国属于八国之一，而马里曾经是法国的殖民地，这就有了"链接"的基础。如果真是这样的话，那这枚硬币就有来头了。

利比亚人又补充了这枚"袁像飞龙"硬币的来历。

这硬币来自一位瘦高个子、满嘴花白胡子的黑人老者那里。

老者曾经参过军、打过仗，也是个硬币爱好者，与利比亚人趣味相投，惺惺相惜。聊得正酣时，老者从卧榻之处的枕头下，小心翼翼地取出一个长条布袋子，将收集的硬币摆开，如数家珍。

不过，老者主要推荐西非法郎之前的马里法郎，以及几张马里的老旧纸币。对于有着方框一样汉字的"袁像飞龙"硬币并未觉得特别。

于是，人们试图这样构建场景来解释——老者在参军打仗的过程中与某位法国军人交往甚好，而这名法国军人的父辈曾经服役于八国联军，于是，一次偶然的机会，这枚硬币就落在了老者手里。

利比亚人听罢，反复掂量这枚"袁像飞龙"硬币，仿佛在感受其中的历史厚重感。

在国内，疯狂的炒客们曾经将"袁大头"银元的价格炒作起来，在散户们还没有反应过来时，就突然出货，于是，散户们要么泣血清仓，要么空持一堆老银元发呆。

连袁世凯也万万没想到，他在无意识地为后世的币商炒作"袁大头"做了殷实的铺垫工作。

袁世凯曾经大力推广"袁大头"，让这种银元家喻户晓，老少皆知。批量化的生产，让几乎每个人都有机会持有，无非或多或少；而历史积淀的不可再生，让"袁大头"始终保有固定的数量。这一切，让"袁大头"有了炒作的基本属性：知名度高、数量适宜、不可再生……

然而，很少有币商染指外国硬币，至今仅以金属的价格而论贵贱。

究其原因，外国硬币流通空间太大，存世范围太广；并且，西方工业化时间早，机制币批量化生产，数量庞大。

这些，都会使外国硬币数量未知。如同一位币商所言，今天，你觉得某枚硬币稀缺，刚让价格登上起涨线，可能突然就有位神秘人物跳出来告诉你，他手中有海量的这种硬币，价格好商量。

另外，硬币多为古董商的副业，而这些古董商都是精于中国文化的老者，对外语和外国文化所知甚少，因此，语言和文化的藩篱，也给外国硬币的交易带来了阻碍。

如今，当大部分商品贸易全球化之时，唯独这硬币，却耐心地等待着自己的时刻。

或许，当币商精通世界历史，当每个国家完全开放，当国际语言开始全面普及，那时，可能才是硬币开启全球化交易的时刻。倘或真到了那样的时刻，也许世界距离"大同"就不远了。

……

后来，听利比亚人说，那枚"袁像飞龙"好像是山寨版的，材质为常见的铜，价值可能只是相同重量的铜。不过，他并没有沮丧，因为这让那枚硬币又增加了一层所谓的意义……

跋

当在写这十多万文字之时，很多朋友说我是一个有点情怀的人。查阅一下，未料到，"情怀"却是奢侈品——"一种高尚的心境、情趣和胸怀"。突然间，才觉得自己有点"附庸风雅"了。

且不论这"情怀"的高尚与否，我认为，这情怀，其实，就是不以私利而以情感为基础，将所见所闻拥入怀中，赋予感情，编织故事，如此而已。

如今的商业，也惯以"情怀"切入，如锤子手机，又如一个个主题迥异的餐厅，它们营造各种浓郁气氛，极力勾起不同层次、不同年龄、不同行业、不同爱好的人的内心深处的情愫……

曾经一次偶然的机会，与朋友一起出差去西非。漫长的旅途中，话题引到了与我们工作性质相关的主题——出国。朋友说，他每到一个国家，都会给自己的爱人邮寄一张明信片，他还有一个朋友，会将刚抵达的第一天如实记录下来。这样，可以给自己一个念想。

猛然间，我才发现自己错过了那么多美好而生动的事情。如果将来年老失聪，又患上阿尔茨海默症时，这些记忆将永远埋葬在我的海马体中了。

那次出差回来后，我慢慢回忆起我经常去的西非的点点滴滴，翻看那时候的照片，甚至与那时认识的人打上一个电话。在这个过程中，那些逝去的记忆仿佛被唤醒一般，变得鲜活生动起来，并影响到我对现在的生活态度。于是，一个个主题在每隔一段时间就积蓄成一篇文章，遂非正式地发布在了QQ空间里，没想到竟引来不少朋友和同事的点赞，尤其是去过西非的人，他们建议我可以集书出版，也算是对那段岁月最好的纪念。

我想，生命仅有一次，经历也不可能重来，一段彼时往事，此时感想，也许不尽生动，也不尽完美，但起码可以作为将来记忆的线头，没准儿到那时能勾起更多的思绪。所以，我决定将这些文章集合起来，分五大篇，共计28篇文章，来给记忆"mark"一下。

如此一来，这书倒有了"情怀"之嫌。